Noël sous la couette

LORI
FOSTER

KATHY
LOVE

ERIN
McCARTHY

KATHERINE
GARBERA

JILL
SHALVIS

KYLIE
ADAMS

Noël sous la couette

NOUVELLES

Traduit de l'américain
par Anne Ferréol-Dedieu

J'AI LU

Titre original
THE NIGHT BEFORE CHRISTMAS

Éditeur original
Brava Books, published by
Kensington Publishing Corp., New York

LORI FOSTER

Mon preux chevalier

1

Le soleil pâlichon était déjà en train de se coucher lorsque Parker Ross arriva devant chez lui. Le ciel passait doucement du gris au noir. Le sol était couvert d'un mélange de neige sale et de sel. Il y avait du vent.

Dans l'espoir d'égayer l'immeuble, le propriétaire avait accroché des guirlandes électriques multicolores au petit bonheur sur la sinistre façade et dans les buissons pelés qui faisaient fonction d'« espace vert ». La moitié des ampoules étaient mortes et les autres agonisaient en hoquetant.

Au milieu d'un parterre, un faux bonhomme de neige en plastique, tout cabossé, était couché dans la boue, parmi des mégots, des boîtes de bière vides, des détritus en tout genre.

« Vivement que Noël soit passé et qu'on puisse se remettre à vivre normalement ! »

Parker descendit de voiture et, en prenant garde à ne pas glisser, s'avança dans l'allée verglacée. Il n'avait pas de manteau parce que le pickpocket qu'il avait alpagué le lui avait déchiré. De toute façon, ça n'était pas grave : il était tellement fatigué qu'il ne sentait même plus le froid.

Dieu sait qu'il avait gagné le droit de se reposer ! Tous les ans, c'était pareil : dans les semaines qui précédaient Noël, les malfaiteurs s'excitaient et les flics n'avaient plus une seconde à eux.

Une bonne douche, un truc réchauffé au micro-ondes et son lit? il n'en demandait pas plus. Une fois sous la couette, il prévoyait de dormir douze heures d'affilée...

À condition que Lily Donaldson ne dérange pas ses plans.

Penser à Lily lui mettait infailliblement du baume au cœur. À son âge, il aurait dû être plus malin que ça, mais il n'y pouvait rien: elle lui plaisait.

Depuis dix mois qu'il la connaissait, elle avait pris, l'air de rien, beaucoup trop d'importance dans sa vie.

Elle était intelligente, drôle, serviable. Elle portait à manger à Mme Harbinger lorsque la pauvre vieille tombait malade. Elle discutait politique avec M. Sipovitch, qui voyait des bolcheviques partout. Elle souriait à tout le monde, avait un mot gentil pour chacun, ne disait jamais de mal de personne, ne colportait pas de ragots et avait bon cœur.

Mais elle adorait Noël, qu'il était d'avis d'interdire.

Et puis elle le regardait avec des yeux remplis d'admiration. C'était le plus dur à avaler. Elle le considérait comme un héros alors que Parker savait qu'il n'en était pas digne.

La preuve: s'il avait vraiment été héroïque, il n'aurait pas eu autant de mal à lui résister.

Cent fois, elle lui avait fait comprendre qu'elle avait envie d'autre chose que d'une simple amitié. Mais elle était si jeune, si enthousiaste? et lui, il était blasé et il se sentait vieux.

Elle raffolait d'une fête qu'il trouvait vulgaire, de mauvais goût et tout à fait déprimante – preuve qu'ils n'avaient pas grand-chose en commun.

Et, pour couronner le tout, il avait de sérieux doutes sur sa profession.

Mouais, il y avait un mystère là-dessous. Parker n'aimait pas trop penser à cela. Lily ne travaillait pas à heure fixe. Il lui arrivait de sortir, mais toujours bien habillée, maquillée – comme une fille qui cherche à plaire.

Parfois, elle partait de bonne heure, parfois tard.

Parfois, elle s'absentait une semaine de suite. Parfois, elle restait plusieurs jours sans sortir de chez elle. Ce qui n'empêchait pas ses nombreux admirateurs de lui rendre visite.

Quoi qu'elle fasse comme métier, une chose était sûre : elle ne pointait pas à l'usine.

Il lui avait posé la question à plusieurs reprises mais elle était restée évasive et avait changé de sujet. Alors, Parker en revenait toujours à la même conclusion.

En priant pour ne pas la croiser, il entra dans l'immeuble.

Et, naturellement, la première chose qu'il entendit dans l'escalier, ce fut la voix de Lily.

Faute de pouvoir rentrer chez lui, Parker s'arrêta près des boîtes aux lettres et tendit l'oreille. La voix de Lily trahissait un certain agacement. Elle était sans doute en train de se quereller avec l'un de ses soupirants.

En regardant dehors à travers la porte vitrée, Parker envisagea de battre en retraite. Il pouvait toujours aller boire une bière au bistrot du coin ou bien aller voir sa mère. Non, surtout pas sa mère ! Elle le forcerait à rester dîner, l'enrôlerait dans une chorale ou Dieu sait quoi d'encore plus farfelu.

Sans aller jusque-là, il pouvait peut-être…

Le ton de Lily devint plus insistant, et Parker se sentit obligé de voler à son secours. Ça la conforterait sans doute dans son idée qu'il était un héros, mais tant pis. Si quelqu'un l'importunait, il ne pouvait pas s'en laver les mains et la laisser se dépêtrer toute seule. Renonçant à tout projet de fuite, Parker gravit les marches de l'escalier à toute vitesse jusqu'au deuxième étage.

Lorsqu'il la vit, il eut le souffle coupé. Ses seins étaient moulés dans un sweater blanc et ses fesses dans un jean délavé. Parker n'eut qu'à la voir pour oublier immédiatement sa fatigue. C'était toujours ainsi. En présence de Lily, son corps n'en faisait qu'à sa tête.

Les cheveux blond pâle de Lily étaient relevés, avec des mèches espiègles qui pendaient en ondulant le long de ses joues. Elle était pieds nus. Ses yeux bordés de longs cils étaient tout sauf innocents. Telle quelle, elle avait l'air d'une femme qui s'était rhabillée à la va-vite après l'amour.

Le cœur de Parker se mit à battre deux fois plus vite.

Tremblante de colère, Lily se tenait sur le seuil de son appartement. Du gui et du houx étaient accrochés au-dessus de sa porte. Et elle avait un type devant elle. *Agenouillé.*

Parker tiqua. Ça, ce n'était pas banal. Certes, ce n'était pas la première fois que Lily faisait le désespoir d'un homme. Mais c'était la première fois qu'un homme se jetait à ses pieds.

Cloué sur place, Parker regarda et écouta.

— C'était copain-copain, Clive. Rien de plus. Je te l'avais dit clairement.

— Mais nous avons déjeuné ensemble, insista Clive en avançant la main pour lui toucher le genou. Rien que toi et moi. En amoureux.

En faisant un pas en arrière pour se mettre hors de portée, Lily s'exclama :

— J'ai payé l'addition !

Clive la poursuivit en rampant.

— J'allais payer !

Elle lui donna une claque sur la main avant qu'il ne lui touche la cuisse.

— Je ne t'ai pas laissé faire, justement pour que ça ne ressemble pas à un déjeuner en amoureux.

— Lily, dit l'homme d'une voix geignarde, je croyais qu'il y avait quelque chose de spécial entre nous.

— Une salade de thon, ça n'a rien de spécial, Clive. Maintenant, relève-toi.

Cette repartie fit sourire Parker. Lily avait toujours été dure avec ses petits amis mais, là, elle se surpassait. Pauvre bougre !

Tandis que Clive, docilement, se relevait, Lily aperçut Parker. À en croire l'expression de son regard, ce fut pour elle une agréable surprise. Elle avait l'air de s'attendre à ce qu'il se comporte encore une fois héroïquement.

Ce que, de son côté, Parker n'excluait pas.

Le pauvre Clive prit Lily dans ses bras et s'écria pathétiquement :

— Je t'aime !

— Oh, je t'en prie !

Elle essaya de le repousser mais il ne voulait pas la lâcher.

— C'est vrai, je te le jure ! proclama-t-il. Donne-moi une chance de te le prouver, c'est tout ce que je demande.

En coulant un regard vers Parker, elle dit :

— Ne sois pas ridicule, Clive. Je sais pourquoi tu es ici.

Parker le savait aussi : Lily était jolie et Clive avait envie de coucher avec elle.

— Tu en as après mon argent, affirma Lily.

Parker sursauta. Quelle idée saugrenue !

— Lily, non ! s'écria Clive.

— Tu es fauché, Clive. Je sais que tes affaires vont à vau-l'eau.

— Je traverse une mauvaise passe. C'est temporaire.

— Oui, temporaire parce que tu comptes sur moi pour te renflouer.

— Pas du tout !

Elle chercha à se libérer de son étreinte mais il la retint. Alors elle se tourna vers Parker.

— Eh bien, monsieur Ross, puisque vous êtes là, rendez-vous utile.

Parker ne se le fit pas dire deux fois. Il s'approcha, prit le dénommé Clive par le colback et le tira en arrière.

— La demoiselle vous a demandé de la laisser tranquille, lui dit-il et, pour faire bonne mesure, il le secoua comme un prunier. Maintenant, foutez le camp !

Clive rajusta son manteau.

— Qui êtes-vous ? demanda-t-il, furieux.

— Un voisin.

— Alors, de quoi vous mêlez-vous ?

Du haut de son mètre quatre-vingt-cinq, Parker surplombait Clive de la tête et des épaules.

— Je suis flic et j'ai eu une journée pourrie, dit-il en se penchant d'un air menaçant. Ça a commencé par un carambolage pas beau à voir. Puis je me suis fait sauter dessus par une cinglée qui était en train de voler un petit vélo pour son fils. Ensuite, j'ai été pris au milieu d'une émeute au rayon des magnétoscopes d'un grand magasin. Pour finir, je me suis bagarré avec un balèze qui venait de piquer la sébile d'une quêteuse de l'Armée du Salut. La conclusion de tout ça, monsieur, c'est que je ne suis pas d'humeur à discuter.

Clive ravala sa salive.

— Je veux juste expliquer à Lily que…

— Je crois qu'elle n'a pas envie d'entendre vos explications.

Lily vint se mettre à côté de Parker.

— C'est vrai, je n'ai pas envie, confirma-t-elle.

Elle prit Parker par le bras, pour une raison connue d'elle seule. Elle faisait ça souvent. Lorsqu'elle lui parlait, elle le touchait – comme si elle ne pouvait pas s'en empêcher.

Et ça le rendait dingue.

— D'accord, dit Clive en prenant un air de chien battu. Mais tu fais une grosse erreur, Lily. Je t'aime. Je t'aime vraiment. De tout mon cœur.

Il tourna les talons et s'en fut à pas lents, la tête dans les épaules, comme un homme qui marche au supplice. Bientôt, la porte du bas se referma derrière lui en claquant.

Parker fit appel à ce qui lui restait de force et de lucidité.

— Bonne nuit, Lily, dit-il.

Il dégagea doucement son bras, que Lily tenait toujours, et partit vers la porte de son appartement.

— Bonne nuit ? répéta-t-elle en courant après lui. Qu'est-ce que ça veut dire, ça : *Bonne nuit* ?

— Je suis crevé. La journée a été rude.

Parker s'abstint de la regarder. Rien que d'être près d'elle, il avait des picotements dans le bas-ventre. S'il la regardait, il était fichu.

Elle se plaça devant lui pour lui barrer le passage.

— Je ne me serais jamais doutée que le métier de flic était aussi... physique.

Encore ce ton admiratif !

— C'est les fêtes de fin d'année. Les gens deviennent incontrôlables.

Malgré lui, Parker la regarda. Refusant de se laisser émouvoir, il dit avec dureté :

— L'accident dont j'ai parlé, il y a eu deux blessés.

Ce n'était pas malin ! Maintenant qu'il l'avait regardée, il était incapable de la quitter des yeux.

— Si l'on m'a appelé sur les lieux d'un simple accident de la route, poursuivit-il, c'est parce que les collègues en uniformes qui ont fait les premières constatations ont trouvé des psilocybes dans la voiture du crétin qui a provoqué l'accident.

— Des champignons hallucinogènes, dit Lily, horrifiée. C'est ignoble.

Parker la regarda curieusement. Elle était rudement bien renseignée sur les champignons !

— Les blessés vont-ils s'en tirer ? demanda-t-elle.

— Je n'en sais rien, répondit-il en bougonnant. Tout ce que je sais, c'est que la femme a été opérée d'urgence.

Il savait aussi qu'elle avait deux gosses qui espéraient passer Noël avec leur mère.

— Et le type aux psilocybes ?

— Un dealer. Il s'en est tiré sans une égratignure.

— Mais vous allez vous occuper de lui ?

Parker grinça des dents car, une fois de plus, Lily avait l'air de croire qu'il était capable de faire des miracles.

— Je l'avais déjà arrêté une fois pour trafic d'amphétamines, mais il avait été laissé en liberté et il ne s'était pas présenté au procès. Cette fois-ci, du moins, il ne devrait pas échapper à une condamnation.

Elle se rapprocha légèrement.

— Vous avez vraiment un boulot pas facile.

Mon Dieu, elle était vraiment adorable ! Parker s'éclaircit la voix.

— Écoutez, Lily, je suis crevé, et je n'ai pas envie de parler de mon travail.

Il n'avait surtout pas envie de s'exposer à la tentation.

— Il faut que j'aille me coucher, ajouta-t-il.

Elle lui prit la main.

— Laissez-moi au moins vous expliquer, à propos de Clive…

Levant un sourcil narquois, Parker dit :

— Il n'y avait pas la moindre ambiguïté.

Lily s'adossa au mur.

— Je ne me doutais pas que Clive s'était entiché de moi, dit-elle, l'air navré. Il a dit qu'il voulait me voir pour parler affaires. De mon côté, le contrat était très clair, il n'y avait pas de sentiments.

Parker voyait le genre de contrat dont elle parlait, et ça lui donnait la nausée.

— J'imagine que vous avez tout entendu, reprit-elle, pas embarrassée pour deux sous. Il m'a menti, Parker, lorsqu'il m'a dit qu'il voulait m'aider dans un projet qui me tient à cœur. Il m'a dit qu'il voulait que nous soyons amis. Quel culot !

— Le monde est plein de drôles de gens, Lily, déclara Parker. Bonne nuit.

— Il est à peine 6 heures, fit remarquer Lily.

— Je n'ai pas dormi depuis plus de vingt-quatre heures, expliqua Parker tout en ouvrant sa porte. Je n'ai plus les yeux en face des trous. Dès que j'aurai pris une douche et que j'aurai cassé la croûte, je file au pieu.

Il entra. Lily le suivit.

— Pauvre petit, murmura-t-elle en lui mettant la main sur l'épaule.

Toujours cette manie de le toucher !

— Je suis désolée que vous soyez tombé en plein psychodrame, ajouta-t-elle. Fatigué comme vous êtes, vous n'aviez pas besoin de ça.

Parker fit machinalement un pas en arrière.

— Maintenant que Clive est parti, dit encore Lily, permettez-moi de vous remercier. Par exemple, en vous offrant à dîner ?

— Non, non, pas la peine, maugréa Parker. Je trouverai bien quelque chose dans mon frigo.

— J'ai des restes de midi. Vous savez ce qu'on dit : *Avec des bons restes, on fait de bons repas* ? Je vais vous préparer une assiette de charcuterie et un gratin de pommes de terre. Ça ne me prendra qu'une minute. Et puis, ajouta-t-elle avec un sourire charmeur, aujourd'hui, c'est mon anniversaire.

Il ne manquait plus que ça !

— Ah, ça y est, vous êtes majeure ! lança Parker sans réfléchir. On va pouvoir y aller !

Après quoi, il se mordit la langue.

— En fait, dit Lily, ça faisait déjà quelque temps qu'on pouvait *y aller,* comme vous dites, en toute légalité : j'ai vingt-quatre ans, figurez-vous.

Vingt-quatre ans ! C'était moins grave qu'il n'avait cru. Il se sentait quand même caduc. À trente-huit, il aurait pu être son... son grand frère.

— Mes parents sont partis en vacances, continua Lily en le regardant d'un air suppliant. Ils ne rentreront pas avant début janvier. Toutes mes amies passent Noël en famille. Je n'avais personne avec qui arroser ça. Mais, maintenant, il y a vous.

À l'idée de passer la soirée avec Lily, Parker eut envie de pleurer...

... de joie.

— Non, vraiment, Lily, écoutez, je suis crevé. Je ne serai sûrement pas très rigolo.

— Je me charge de mettre de l'ambiance.

Parker grimaça. Un immense découragement l'envahit.

— J'ai besoin d'une douche.

Elle le regarda de la tête aux pieds, s'attardant sur la ceinture de son pantalon et puis sa chemise, déboutonnée jusqu'au plexus.

— Je vous trouve plutôt pas mal comme ça.

Dans la bouche de Lily, *plutôt pas mal* sonnait comme le plus beau des compliments.

— Mais, si vous y tenez tant que ça, poursuivit-elle, allez-y, prenez une douche et mettez des vêtements secs. Pendant ce temps-là, je vais préparer le souper.

À court d'argument, Parker acquiesça d'un signe de tête. Il fit un pas vers la porte, dans l'espoir qu'elle comprendrait le message et décamperait. Il avait besoin d'être un peu seul pour rassembler ses esprits.

— OK, dit-il. Préparez-moi un plateau et je viendrai le chercher dès que je serai prêt.

— Ne dites pas de bêtises.

Lily lui donna une petite tape sur la poitrine et ajouta d'une voix sourde :

— Ne fermez pas votre porte à clé. Je vais tout réchauffer comme il faut et je reviens avec.

Que Lily soit capable de *tout réchauffer comme il faut,* il en était persuadé… mais il ne voulait pas de ça !

— Non, ne vous dérangez pas pour moi.

— J'insiste. C'est le moins que je puisse faire puisqu'une fois de plus vous êtes venu à mon secours.

Sur ce, elle sortit, non sans lui avoir adressé un sourire charmeur.

Parker soupira. Et maintenant, que faire ? Les mains sur les hanches, il regarda autour de lui. Son appartement était un vrai capharnaüm. Il y avait des journaux qui traînaient, de la poussière partout, de la vaisselle sale dans l'évier. Et alors ? En cette période de l'année, il était de service six jours sur sept. Quand est-ce qu'il aurait trouvé le temps de faire le ménage ?

Parker passa dans sa chambre et prit des vêtements propres dans son placard. Dans la salle de bains, il se déshabilla et se dépêcha de se mettre sous la douche.

Bientôt il se mit à rêvasser.

Naturellement, il pensa à Lily – Lily, qui avait vingt-quatre ans, qui était gentille, jolie comme un cœur et sexy en diable.

Depuis dix mois qu'il la connaissait, il avait glané des images d'elle – de quoi garnir toute une galerie :

Lily en short, ses jambes musclées, juste ce qu'il faut, et bronzées, juste ce qu'il faut. Lily, le visage constellé de taches de peinture jaune, lorsqu'elle refaisait sa cuisine. Lily, en train de le soigner, l'air grave et appliqué, lorsqu'il avait eu douze points de suture sur le sommet du crâne après une course-poursuite qui avait fini dans un mur. Lily éclatant de rire en le voyant rentrer en loques et couvert de boue après un flagrant délit un peu mouvementé.

Lily, auprès de qui il se sentait jeune, léger – et vulnérable.

S'il est une chose qu'on apprend dans le métier de flic, c'est que le monde est mal fichu. La vertu l'emporte rarement sur le vice; les crimes restent souvent impunis; les innocents pâtissent, les méchants prospèrent et les justes se sentent inutiles.

Lily l'empêchait de céder au découragement. De temps en temps, elle lui disait qu'il était un type formidable, qu'il en faudrait plus, des comme lui – et lui, quand c'était elle qui le disait, il le croyait presque.

Presque.

Avec le bruit de l'eau, il n'avait pas entendu s'ouvrir la porte de son appartement, mais il l'entendit se refermer. Lily était déjà revenue. Il se dépêcha de se rincer et ferma le robinet.

C'est alors qu'il entendit Lily chanter... sur une musique de Noël.

Diable! D'où est-ce que ça sortait? Ça devait être à la radio. Ces derniers temps, ils ne passaient plus rien d'autre.

Parker s'essuya et se vêtit d'un pantalon de jogging et d'un tee-shirt. En se recoiffant avec les doigts, il se regarda dans la glace: il avait une barbe de deux jours, les yeux injectés de sang, des cernes. Dégoûté, il sortit de la salle de bains.

Avant même d'apercevoir Lily, il vit le lecteur de CD, d'où sortait une des chansons de Noël d'Elvis

Presley. Puis, la bougie rouge qui brûlait en diffusant un entêtant parfum de cannelle. La table était mise. Le plat, l'assiette et les couverts étaient rouge et vert. Ça, c'était le pompon !

Et puis, il vit Lily, debout devant le plan de travail de la kitchenette, en train de verser du lait dans un grand verre. Elle fredonnait et se trémoussait en rythme avec la musique. Elle respirait la joie de vivre et Parker resta là à la regarder, le cœur battant et le cerveau en ébullition.

Elle dut sentir sa présence car elle se retourna.

— Ah ! fit-elle, visiblement contente de le revoir. Je me suis dit que vous deviez aimer le lait car vous en avez plein votre frigo. De toute façon, il n'y a rien d'autre, ajouta-t-elle avec un petit haussement d'épaules.

Parker fit un geste vers la table.

— Qu'est-ce que c'est que ça ? demanda-t-il, la mine renfrognée.

Lily éclata de rire. Évidemment. Lily riait tout le temps car elle était tout le temps d'excellente humeur.

— Oh, Parker, on dirait le Grinch !

— Le quoi ?

— Le Grinch, répéta Lily. Le grincheux qui voulait gâcher Noël. On en a fait un film, avec Jim Carrey, vous vous souvenez ?

— Ah oui, murmura Parker après réflexion. Le grimacier tout vert...

Il aurait été prêt à convenir d'une certaine ressemblance avec ce Grinch... à part le côté tout vert.

— Ne soyez pas rabat-joie, dit Lily. C'est Noël. Un jour de réjouissances.

Elle lui fit signe de s'asseoir et lui, pressé d'en finir, il obéit. À sa grande surprise, elle s'assit en face de lui. Lorsqu'il lui jeta un coup d'œil réprobateur, elle se contenta de sourire.

— Allez-y, mangez ! Je veux voir si ça vous plaît.

— Je n'ai pas mangé depuis... eh bien, je ne m'en souviens plus précisément mais c'était vers 5 ou 6 heures ce matin.

Et encore, il s'était contenté de quelques biscottes rassises et d'un œuf dur.

— Croyez-moi, reprit Parker, je vais adorer.

Il porta à sa bouche un morceau de jambon cru et aussitôt des saveurs de miel, de cassonade et d'épices flattèrent son palais. Il ferma les yeux et poussa un soupir de bien-être. C'était sublime.

— Pas mal, hein ? dit Lily, ravie de le voir se régaler. J'adore ce traiteur. Il fait toujours un boulot formidable.

Parker rouvrit les yeux. Un traiteur ? Ma foi, c'était logique. Une femme comme elle n'avait pas besoin de savoir cuisiner.

Pourtant, il ne put s'empêcher de poser la question.

— Qu'est-ce que vous faites d'un traiteur ? Une femme seule ?

Elle pencha gentiment la tête sur le côté.

— Il m'aide à nourrir les SDF, pardi !

2

Parker faillit avaler de travers.

— Les SDF ? couina-t-il.

Et puis il se mit à tousser.

Lily se leva de sa chaise, s'approcha et lui tapa dans le dos jusqu'à ce qu'il se remette à respirer normalement.

— Ça va mieux ?

Bon Dieu, il était salement atteint s'il lui suffisait d'une main entre les omoplates pour l'exciter ! Mais c'était la main de Lily, et elle était tout près. Il pouvait respirer son parfum. C'était plus qu'il n'en fallait pour provoquer son désir.

Il hocha la tête, prit une gorgée de lait et répondit d'une voix presque normale :

— Oui, merci.

En souriant, Lily retourna s'asseoir et Parker en profita une fois de plus pour admirer ses fesses toutes rondes, moulées dans son vieux jean.

Lily mit ses coudes sur la table et ses deux mains sous son menton. Dans cette position, ses seins reposaient sur le bord de la table. Chez lui. Sur sa table à lui. Juste sous les yeux.

— Parker, commença-t-elle sur un ton embarrassé, puis-je vous poser une question ?

Il la regarda jouer avec ses cheveux. La manière dont elle entortillait une longue mèche autour de son index, inlassablement, avait quelque chose d'hypnotique.

— Oui, quoi ? dit-il d'une voix méconnaissable.

— Euh, c'est personnel.

Elle avait l'air tellement grave qu'il s'inquiéta.

— Le moment est peut-être mal choisi... commença-t-il.

Mais elle l'interrompit pour lancer tout à trac :

— Pourquoi est-ce que vous ne m'aimez pas ?

À ce moment-là, son anxiété lui donnait l'air incroyablement juvénile.

— C'est ridicule, voyons, répondit Parker, les yeux baissés vers son assiette. Bien sûr que je vous aime beaucoup.

— Mais vous ne m'avez jamais invitée à sortir.

Essayant de paraître blasé, Parker se coupa un autre morceau de jambon.

— Nous sommes voisins de palier, Lily. De vieux amis.

Elle croisa les bras sur la table et se pencha en avant, lui offrant une vue imprenable sur la naissance de ses seins. La gorge de Parker s'assécha. Son sang bouillonna dans ses veines.

— J'aimerais que nous soyons autre chose que de simples amis.

À son âge, Parker avait déjà connu quelques femmes. Certaines l'avaient trouvé sympathique, d'autres désirable, d'autres aimable.

Aucune ne l'avait jamais regardé comme Lily.

En retour, aucune n'avait jamais envahi ses pensées à ce point-là. Ses pensées *et ses rêves*. Il ne comptait plus les fois où ça l'avait réveillé en sursaut.

— Pourtant, j'ai tout fait pour, éprouva-t-elle le besoin de préciser, comme s'il y avait une chance qu'il ne l'ait pas remarqué. J'ai l'impression que vous ne vous êtes même pas aperçu que j'étais une femme.

Parker tressaillit.

— Ça, c'est stupide.

— Ah bon ?

Il contempla une nouvelle fois ses seins par la large encolure du sweater… avant de détourner brusquement le regard.

— Croyez-moi, Lily, dit-il en faisant *pfut !* par le nez, votre… votre féminité ne m'a pas échappé.

— Alors, c'est que vous me trouvez moche.

Parker leva les yeux au ciel. Elle le mettait sur la sellette. Mais il ne pouvait pas faire autrement que de la rassurer.

— Vous avez des miroirs, vous savez à quoi vous ressemblez.

Comme elle ne répondit rien, attendant la suite, il poussa un profond soupir.

— Vous êtes belle. Là, ça vous va ?

De joie, elle rougit.

— Merci.

— Il n'y a pas de quoi.

— Résumons : vous m'aimez bien et vous me trouvez jolie. Dans ce cas-là, pourquoi ne m'avez-vous jamais invitée à sortir ?

Elle attaquait franchement. Juste au moment où il avait baissé sa garde. Cherchant à gagner du temps, il prit une nouvelle bouchée de jambon et une nouvelle gorgée de lait. Puis, il la regarda aussi froidement que possible.

— Où voulez-vous en venir, Lily ?

Elle se leva et se mit à faire les cent pas. Elle avait toujours les pieds nus. Parker pensa qu'elle avait vraiment d'adorables pieds.

Se tournant brusquement vers lui, elle croisa les bras sous ses seins, prit son souffle et dit :

— J'ai envie de vous.

Le cœur de Parker fit un bond dans sa poitrine. Tous ses muscles se crispèrent. Après un instant de flottement, il décida que la franchise était encore ce qui valait le mieux.

— Écoutez, Lily, vous êtes épatante, d'accord ? Plaisante à regarder. Personne ne dira le contraire.

Les bras ballants, les yeux écarquillés, elle répéta :

— Épatante ?

Qu'est-ce que ça avait de si étonnant ?

— Oui. Mais en fait, je…

Le visage de Lily prit une curieuse expression. Parker eut l'impression qu'elle allait pleurer. Il ouvrit la bouche, prêt à s'excuser, prêt à tout faire pour l'empêcher de donner libre cours à ses émotions – mais elle renversa la tête et, au lieu de verser les larmes redoutées, elle éclata de rire.

Il se figea.

— Qu'est-ce qu'il y a de drôle ?

— Oh ! là, là ! Parker !

Elle riait tellement qu'elle ne pouvait pas parler. Ses boucles blondes tressautaient – et ses seins aussi. Des pleurs de joie brillaient dans ses yeux. Elle se tenait le ventre.

Elle finit quand même par se ressaisir.

— Je sais que vous êtes plus vieux que moi, dit-elle. Mais, *épatant,* excusez-moi ça fait grand-père.

Grand-père ! D'accord, il s'était toujours trouvé trop vieux pour elle. Mais, maintenant que c'était elle qui le disait, il était piqué au vif.

— J'ai trente-huit ans.

Lily se mordit les lèvres car elle était sur le point d'avoir un nouveau fou rire. Parker se rembrunit.

— Allons, Parker, ne faites pas cette tête-là. Quarante ans, ce n'est pas vieux.

— Je n'ai pas quarante ans, répliqua-t-il machinalement, avant de se rendre compte qu'il était ridicule.

— C'est vrai, pardon, répliqua Lily. Vous êtes un homme de trente-huit ans. Un bel homme de trente-huit ans, sexy, mûr, gentil et rassurant.

Était-elle en train de se payer sa tête ? Était-elle en train de s'extasier bêtement sur son côté héros ?

Ou bien l'admirait-elle pour de bon ?

Elle fit une petite moue.

— Quand vous dites *épatante,* entendez-vous par là que je suis sexy ou bien que j'ai un caractère agréable.

Parker se mit à se triturer le cou. Ce genre de discussion lui donnait des courbatures.

— Les deux répondit-il.

Là, qu'elle se débrouille avec ça.

Mais elle s'intéressa surtout à la manière dont il se touchait la nuque et, en un clin d'œil, elle se retrouva derrière lui, en train de le masser délicatement.

— Bon, Parker, je pense qu'il est temps de clarifier la situation entre nous.

Elle se pencha, vit la mine qu'il faisait et ajouta en fronçant les sourcils :

— Je ne plaisante pas, Parker. Écoutez-moi attentivement.

Parker ravala des flots de salive. Lily pétrissait vigoureusement les muscles de ses épaules, durs comme de la pierre. Elle l'enveloppait dans sa chaleur et dans son parfum. Son souffle tiède lui caressait la joue.

— Faites-moi confiance, dit-il, je suis tout ouïe.

Lorsqu'il tourna la tête, son menton frôla le sein de Lily. Elle se redressa brusquement, laissa échapper un long soupir et, d'une voix tremblante, dit :

— Vous vous trompez sur toute la ligne, vous savez ?

Ses doigts s'égarèrent dans les cheveux de Parker, s'attardèrent sur ses tempes avant de redescendre vers le cou. C'était bon. Meilleur que bon. Presque orgasmique.

Il eut beau se dire que les vrais hommes ne ramollissent pas comme du beurre au soleil sous les caresses d'une femme, rien n'y fit.

— Je suis à la tête d'une petite fortune, dit Lily.

Parker pivota brusquement, et tous les muscles qu'elle venait patiemment de dénouer se crispèrent de nouveau.

— Restez donc tranquille ! ordonna Lily d'une voix douce et ferme.

Elle lui appuya sur les épaules pour le forcer à se rasseoir dans le bon sens. Parker finit par céder.

— Quoi ? fit-il, car il n'était pas sûr d'avoir bien entendu. Qu'est-ce que vous avez dit ? Que vous étiez à la tête d'une...

— ... petite fortune.

— Je vois.

En vérité, il ne voyait rien, à part le fait que ça élargissait encore l'abîme entre eux. Il avait toujours su qu'elle était naïve, qu'elle était invariablement contente de son sort. Une petite fortune, c'est une sacrément bonne raison d'être optimiste.

— Ça explique tout, murmura-t-il.

— Ne soyez pas sarcastique, dit Lily.

Il n'était pas sarcastique, il était sonné.

— Ma grand-mère m'a tout légué, expliqua Lily en recommençant à le masser. Lorsqu'elle est morte, je suis devenue riche du jour au lendemain. J'avais dix-neuf ans. J'ai cherché du travail mais, vous savez, je suis une enfant gâtée, je ne pourrais jamais travailler pour quelqu'un.

Personnellement, il ne l'avait jamais prise pour une enfant gâtée. Une enfant pas très sage, sans doute. Mais généreuse et gentille. Tout sauf gâtée.

— Alors, je donne, dit-elle.

Parker se retourna brusquement.

— Vous donnez quoi ?

Ils se regardèrent un instant sans bouger.

— Je donne mon argent, mon temps, répondit Lily.

En baissant les yeux, elle ajouta :

— Mon optimisme, mon bon caractère, ma joie de vivre.

Comment fait-on pour donner sa joie de vivre ? se demanda Parker.

— C'est pour ça qu'il y a des hommes comme Clive qui me tournent autour, enchaîna-t-elle. Ils essayent de devenir riches sans se fatiguer.

Ah, pensa Parker, enfin quelque chose à se mettre sous la dent !

— Si vous êtes riche, Lily, dit-il (ce dont il n'était toujours pas convaincu), l'argent ne gâche rien, mais ça ne doit pas être la première chose que les hommes ont en tête.

Voyant qu'elle ne le croyait pas, il enfonça le clou.

— À mon avis, ceux qui vous tournent autour, ce qui les intéresse, c'est de s'éclater, pas de s'enrichir.

Elle sourit tristement.

— Comment se fait-il que vous ne m'ayez jamais tourné autour, vous ?

Pas tourné ? Mais, depuis qu'il la connaissait, il était virtuellement en orbite autour d'elle !

— Pour beaucoup de raisons.

— Lesquelles, s'il vous plaît ?

— D'accord, puisque vous le voulez : premièrement, vous êtes trop jeune et, deuxièmement, vous avez une drôle de conception de la vie.

Elle parut surprise.

— Qu'est-ce qu'elle a de drôle, ma conception de la vie ?

— Eh bien, vous voyez la vie en rose… et puis, votre engouement pour Noël, c'est dingue…

En hochant la tête, il ajouta :

— Il n'y a rien de tel que les fêtes de fin d'année pour vous forcer à voir la réalité en face.

— Quelle réalité ?

— Que la vie n'est pas toujours aussi belle et réjouissante qu'on voudrait nous le faire croire.

Tout en réfléchissant à ce qu'il venait de dire, Lily se remit à lui masser les épaules.

— Pour ce qui est de mon âge, Parker, je ne peux rien y changer… De toute façon, vingt-quatre ans, ce n'est pas si jeune que ça.

— Ça fait une différence de quatorze ans.

Elle haussa les épaules.

— Et alors ?

Que pouvait-il répondre à cela ? De toute façon, la différence d'âge n'était pas le plus grand obstacle entre eux.

— Je n'aime pas non plus votre métier, dit-il.

— Pourquoi ? Qu'est-ce que vous avez contre les philanthropes ?

Parker prit Lily par les poignets, pour qu'elle arrête de le cajoler et de l'enjôler avec ses jolies petites mains. Tandis qu'il la tenait, il en profita pour la forcer à revenir se placer devant lui.

— Je ne vous crois pas, Lily.

Elle n'essaya pas de se libérer. D'une voix entrecoupée, elle murmura :

— Pourquoi ?

— Pour commencer, regardez où vous habitez.

— Vous y habitez bien !

— Moi, c'est tout ce que je peux me payer avec un salaire de flic. Mais, si vous êtes pleine aux as…

Lily s'approcha, lui glissa son genou entre les cuisses et Parker se tut. Il la tenait toujours par les poignets et, maintenant, elle était presque dans ses bras.

Elle n'avait pas l'air inquiète.

Concentre-toi, Parker, concentre-toi ! Il toussa pour s'éclaircir la voix.

— Pourquoi habitez-vous ici alors que vous pourriez vous payer mieux ?

Elle le regarda avec une infinie tendresse.

— À cause de vous.

Parker réussit à se relever sans la toucher.

— Qu'est-ce que ça veut dire ?

— Vous vous souvenez du jour où nous nous sommes rencontrés ? demanda-t-elle en prenant une profonde inspiration. Moi, oui.

Bien sûr qu'il s'en souvenait.

— Vous vous disputiez avec un type devant chez vous. Vous lui avez dit de ficher le camp mais il n'a rien voulu savoir.

Lily hocha la tête.

— Un coureur de dot, un de plus. Depuis que j'ai hérité, je peux dire que j'en ai vu ! Alors, vous êtes arrivé. Vous étiez en sueur, sale, avec un œil au beurre noir. Vous n'avez fait ni une ni deux. Vous vous êtes approché du type, vous l'avez regardé d'une façon qui m'a fait froid dans le dos, et vous lui avez dit d'une voix terrible : « Il y a un problème ? » Et, comme par enchantement, le problème a été résolu. Vous étiez si fort, si chevaleresque ! conclut-elle, admirative.

Les deux mains sur le cœur, elle avait quelque chose de désarmant. Tous les jours, il se décarcassait pour aider les gens, il rendait service sans ménager sa peine, il prenait tous les risques. En général, il obtenait davantage de récriminations que de mercis et davantage de reproches que de compliments.

Mais Lily, elle appréciait la moindre chose qu'il faisait pour elle. À ses yeux, il était un héros. Elle le prenait pour l'homme qu'il n'était pas mais qu'il avait toujours rêvé d'être.

Parker battit en retraite, lui qui ne reculait jamais devant personne. Personne, sauf Lily.

Elle le suivit.

Il recula encore d'un pas et se retrouva le dos au mur.

— Chevaleresque, mes fesses, dit-il sur un ton d'autodérision. Je suis flic. C'est mon boulot de me mêler des affaires des autres.

— Chez vous, c'est plus que ça. Je suis prête à parier que vous avez toujours été du côté du plus faible.

— Non, prétendit-il.

En vérité, c'était oui. Il n'avait jamais supporté les gens qui abusent de leur force. Il avait toujours été, dans l'âme, le défenseur de la veuve et de l'orphelin. C'est pourquoi il était devenu flic.

— Votre modestie vous honore.

Elle regarda fixement sa bouche et ajouta :

— Les types forts et silencieux, c'est très sexy, vous voyez ce que je veux dire ?

— Non.

— Je suis certaine que vous avez toujours voulu être flic.

— Erreur.

Ça aussi, c'était un gros mensonge.

— Et maintenant, je sais que je vous plais.

Elle s'arrêta tout près de lui, avec l'espace d'une feuille de papier à cigarette pour les séparer.

— Pourquoi résistez-vous ? demanda-t-elle sans ambages.

Parker savait qu'il était à la merci d'une cuisante défaite.

— Vous voulez savoir ce que je croyais que vous faisiez comme métier ?

Il ne lui laissa pas le loisir de répondre. Elle le serrait de près et elle avait l'air tellement désirable lorsqu'elle le regardait comme ça. À situation désespérée, solution désespérée.

— Je croyais que vous étiez call-girl.

Lily cligna des yeux.

Ils ne bougèrent plus.

Même Elvis arrêta de chanter… jusqu'à ce qu'un nouveau CD, celui-là de Neil Diamond, prenne sa place.

— Call-girl ?

Se sentant de plus en plus bête, Parker acquiesça d'un hochement de tête.

— C'est-à-dire une fille qui se fait payer pour coucher avec des messieurs ?

Du côté de Parker, nouveau signe de tête, plus sec. Après quoi, il attendit qu'elle le gifle. Au lieu de cela, elle rit doucement.

— Oh ! là, là ! Je n'ai pas autant d'expérience que vous croyez.

Parker se redressa. Qu'est-ce que ça pouvait bien vouloir dire ?

— Quel dilemme pour vous, lieutenant Ross ! s'exclama Lily avec un air taquin. Vous, l'infatigable redresseur de torts…

Parker soupira.

— Lily, je vous en prie.

— Vous, l'incarnation du bien dans ce monde livré au Malin…

— Lily, soyez gentille. Les apparences…

— Vous, poursuivit Lily impitoyablement, vous, le preux chevalier. Et vous pensiez que la jeune fille en détresse était une pute !

Parker se chercha des excuses.

— Pardonnez-moi mais vous allez et venez à n'importe quelle heure. De drôles de types viennent frapper à votre porte. Et vous avez l'air…

Là, il se mordit la langue pour se faire taire. Mais le mal était fait. Lily battit des paupières.

— J'ai l'air de quoi ?

En pouffant, elle suggéra :

— J'ai l'air *épatante* ?

Furieux, Parker se dégagea et se mit à marcher de long en large.

— Écoutez, je suis trop crevé pour ce genre de discussion. J'ai une idée : vous allez récupérer votre musique, votre bougie, votre jolie vaisselle et vous allez rentrer chez vous et me laisser dormir, d'accord ?

Au lieu de partir, elle s'adossa au mur et se mit à rire.

— Vous êtes mignon, Parker, vous savez ?

Mignon ? À ce mot, il grinça des dents. Comment devait-il le prendre ?

— Vous vous foutez de moi, lui reprocha-t-il.

— Parce que vous êtes marrant, mon bon ami, répondit-elle en hochant la tête. Croyez-moi, si j'étais call-girl, je crèverais de faim.

Parker ne comprit pas ce que ça voulait dire et, dans l'état de fatigue et de confusion où il se trouvait, il préféra ne pas demander d'éclaircissements.

Elle s'approcha de lui avec des grâces de chatte, lui posa ses mains sur la poitrine et le regarda.

— Vous me plaisez depuis la première fois que je vous ai vu, avoua-t-elle. Et maintenant que je sais pourquoi vous avez gardé vos distances…

Parker estima que la réaction de Lily était contraire à toute logique.

— Quoi ? Vous ne vous sentez pas insultée par ce que j'ai dit ?

— Des tas hommes m'ont couru après pour mon argent. *Ça,* mon cher Parker, c'est insultant.

Le plus naturellement du monde, il la prit par la taille.

— Quelle bande de crétins !

Le regard de Lily s'illumina.

— Tandis que vous, vous ne saviez pas que j'étais riche. Vous pensiez que j'étais une tapineuse. Et ça ne vous a pas empêché de rester gentil et poli avec moi. Et, en plus, je vous plaisais.

— Évidemment que vous me plaisiez ! Je ne suis pas de bois !

Parker n'avait pas fini de prononcer sa phrase qu'il la regrettait déjà. Lily était assez entreprenante comme ça. Pas la peine de l'encourager !

Il la lâcha et s'écarta de quelques pas.

— J'ai choisi cet appartement parce qu'il est prêt des refuges qui me tiennent à cœur, expliqua Lily. J'y passe beaucoup de temps à m'occuper des sans-logis, des femmes battues, des mamans toxicos et de leurs enfants…

C'est pour ça qu'elle est aussi bien renseignée sur les champignons hallucinogènes, se dit Parker. Il avait été injuste en lui reprochant de voir la vie en rose. Ainsi donc, elle connaissait aussi bien que lui la laideur des choses.

— Pendant que je faisais construire ma maison, poursuivit-elle, il fallait bien que j'habite quelque part. Et puis, je vous ai rencontré. Ma maison est finie mais j'ai décidé de ne pas y emménager avant de savoir si quelque chose est possible entre nous. Seulement, vous n'avez pas l'air de vous apercevoir de mon existence, à part « bonjour, bonsoir ». Ça devenait urgent, il fallait absolument que je fasse quelque chose pour attirer votre attention.

Elle désigna la table sur laquelle la bougie achevait de se consumer, les volutes de fumée se mêlant à la douce mélodie de Neil Diamond.

— C'est pourquoi je vous ai apporté ce petit dîner et j'ai essayé de vous faire partager un peu de la joie de Noël.

— Le dîner était sympa.

Se rapprochant, elle demanda :

— Et la joie de Noël ?

— C'est de la foutaise. Les fêtes de fin d'année foutent le bourdon à tout le monde.

Lily fronça sévèrement les sourcils.

— Ce n'est pas vrai. Noël donne de l'espoir aux gens. C'est une occasion de penser à autre chose qu'à leurs petits soucis.

— Oui, l'occasion de s'apercevoir qu'ils n'ont pas de fric, pas de famille, pas d'amis, que personne ne les aime et qu'ils ne croient en rien. Des coups de fil à propos de tentatives de suicide, au commissariat, il n'y a que ça, pendant la période de Noël.

Elle lui caressa gentiment la joue.

— Des gens seuls et malheureux, il y en aura toujours, Parker. À nous deux, on ne pourra jamais sauver tout le monde, mais vous avez tort sur un point : pendant la période de l'Avent, le taux de suicide dégringole.

— Vous aurez du mal à me le faire croire.

Cette fois, elle parut indignée.

— Parker, je sais de quoi je parle. L'Association américaine de suicidologie...

— Ça existe, ça ?

— Oui. L'Association américaine de suicidologie, donc, a prouvé que c'est en décembre que le taux de suicide est le plus bas de l'année. Et les statistiques du ministère de la Santé permettent de constater une chute de 20 % des suicides autour de Noël.

Parker blêmit de colère.

— Je n'y peux rien, dit-il entre ses dents serrées, ça me dégoûte quand on met la souffrance et la mort des gens en statistiques.

À ces mots, sans raison apparente, Lily se blottit contre lui.

— Vous êtes un homme de cœur, Parker, c'est ça que j'aime en vous.

Elle s'offrait sans faire de manières. C'était tentant d'accepter. Mais Parker était quelqu'un de raisonnable.

En tremblant, il la prit par les avant-bras et la repoussa.

— Stop ! s'écria-t-il en la secouant un peu. Arrêtez de fantasmer ! J'en ai marre !

Sincèrement déroutée, elle dit :

— Quel fantasme ?

— Le fantasme du preux chevalier ! répliqua-t-il d'une voix rude et forte. Je suis un flic, ni plus ni moins. Le monde est pourri et j'ai beau faire, je ne peux pas y changer grand-chose. Alors, arrêtez de vous mentir – sur moi et sur le reste.

Lily poussa un soupir exaspéré.

— Allons, détendez-vous un peu !

Parker, trop fatigué et trop excité pour réfléchir, répondit crûment :

— Me détendre ? Vous en avez de bonnes ! Pour tout vous avouer, Lily, je bande comme un cerf.

3

Lily savait qu'en toute chose il faut savoir saisir l'instant propice et, après le brutal aveu de Parker, il n'y en aurait jamais de plus propice que celui-ci.

Elle se frotta contre lui pour vérifier qu'il disait vrai et murmura :

— Je vous en prie, embrassez-moi.

— Lily, bordel !

En souriant, elle le caressa à travers son pantalon. Son sexe tressaillit, durcit encore. Ce soir, plus que jamais, il avait envie d'elle.

— Arrêtez !

— Oh, non ! répondit-elle d'une voix douce mais déterminée.

— Lily !

Il le dit sur un ton menaçant. Mais elle, de plus en plus amoureuse, elle continua de le caresser. Il poussa un gémissement, serra les dents, se crispa de la tête aux pieds. Après quoi, il dit d'une voix âpre :

— C'est bon, je me rends.

Il la prit dans ses bras, la décolla de terre, la fit tournoyer, la plaqua contre le mur et l'embrassa avec fougue. Bon Dieu, elle avait déclenché un véritable ouragan ! Mais elle n'eut pas peur. Au contraire, elle s'en réjouit. Il embrassait bien. Elle ne pouvait plus respirer – mais à quoi bon respirer ?

D'une main, il la prit par la nuque, pour l'immobiliser pendant qu'il lui dévorait la bouche. De l'autre, il la caressait partout. Absolument partout.

Lily était aux anges.

Depuis le moment où elle avait vu Parker pour la première fois, fort, tranquille, digne, humain, elle avait éprouvé des sentiments pour lui. C'était l'homme dont toutes les femmes rêvent, un vrai homme, un homme comme il en faudrait beaucoup. Exactement l'homme qu'elle voulait.

Il l'agrippa par les cheveux et elle se laissa faire. Il lui renversa la tête en arrière, l'embrassa dans le cou, lui mordilla le lobe de l'oreille. Pendant ce temps-là, il lui pétrissait les seins, presque violemment.

— C'est ça que tu veux ? demanda-t-il.

Elle frissonna de haut en bas au son de sa voix rauque.

— Oh, oui !

Il l'embrassa de nouveau tout en lui caressant le creux des reins, les hanches, le ventre. Finalement, il lui posa sa grande main à l'entrejambe.

— Et ça ?

La sensation fut si délicieuse que Lily en eut le souffle coupé.

— Je n'ai jamais été embrassée aussi furieusement, dit-elle d'une voix haletante. Et, ma foi, j'aime assez.

En un clin d'œil, Parker changea de figure. Lui aussi, il respirait laborieusement.

— Si tu veux qu'on arrête, dis-le maintenant. Sinon, tu sais ce qui va t'arriver ? Choisis !

Pauvre Parker. Elle savait bien ce qu'il préférerait qu'elle réponde. Hélas, elle n'allait pas lui faire ce plaisir !

Elle se passa la langue sur les lèvres et dit :

— Chez toi ou chez moi ?

Quitte à ce qu'elle le prenne pour un homme des cavernes, Parker souleva Lily et la mit en travers de son épaule.

Elle se redressa pour s'écrier :

— *Parker !*

— Trop tard pour changer d'avis !

Il lui mit la main sur les fesses pour la faire tenir tranquille et trouva cela tellement agréable qu'il en profita pour la caresser et la pinçoter tout en marchant vers sa chambre. Il avait envie d'elle depuis trop longtemps pour se conduire en gentleman.

Lily, tête en bas, soupira :

— Enfin !

Il la posa sur le lit et sans délai s'employa à lui déboutonner la ceinture de son jean. Le sang tambourinait à ses tempes. Ses mains tremblaient.

— Soulève tes fesses !

Elle obéit, et il lui ôta son jean. Elle avait une petite culotte blanche ornée d'un semis de fleurs roses. Le coton en était si fin que sa toison se voyait au travers.

Ne se contrôlant plus, Parker la débarrassa de son sweater en quelques gestes violents et désordonnés. Elle couvrit ses appas avec ses bras et protesta :

— Ce n'est pas juste ! Tu restes habillé ! Si tu veux en voir davantage, tu dois d'abord enlever quelque chose.

Oh, quel joli corps elle avait ! En la mangeant des yeux, il grommela :

— Si tu veux.

Fou de désir, il ôta son tee-shirt, son pantalon de jogging et son caleçon. Et puis, il se laissa tomber sur le lit et lui enleva sa petite culotte. Un peu de délicatesse n'aurait pas fait de mal mais il ne lui en restait pas une once. Il faillit même lui déchirer son soutien-gorge. Toujours est-il que, deux secondes plus tard, elle se retrouva nue dans ses bras.

Lily éclata de rire lorsqu'il se mit à la toucher partout, à la couvrir de baisers, de morsures, de suçons. À la fin, il lui écarta les cuisses et glissa un doigt entre ses nymphes corail, dans sa fente humide et brûlante.

— Parker ! s'écria-t-elle en se cambrant.

Elle était prête à le recevoir.

Il attrapa un préservatif dans le tiroir de la table de nuit, l'enfila et se recoucha sur elle. Elle avait la peau douce, les seins gonflés et durcis, une fournaise entre les cuisses.

Il l'embrassa à pleine bouche et, en même temps, il la pénétra, par petites poussées. Elle lui passa ses jambes autour de la taille et croisa les chevilles, comme une lutteuse qui assure sa prise.

Par malheur, il se mit à jouir presque tout de suite.

La tête en arrière, il réussit à articuler :

— Désolé !

Et la tension se relâcha peu à peu dans son corps et dans son esprit.

Calme, groggy, il sentit vaguement la main de Lily sur sa poitrine et puis sa joue. Il l'entendit soupirer et, lorsqu'il s'affala sur elle, exténué, elle l'embrassa dans le cou.

C'est la dernière chose dont il eut conscience. Et puis, la fatigue de la journée s'abattit sur lui de tout son poids. Il eut suffisamment de présence d'esprit pour rouler sur le côté avant de sombrer dans le sommeil.

Souriant d'un air béat, Lily resta couchée sans bouger tandis que son cœur continuait de battre à tout rompre. Elle imaginait facilement la réaction de Parker à son réveil. C'était un macho qui faisait toujours ce qui était noble et juste. Alors, il tâcherait de se comporter avec noblesse et justice.

Elle le regarda dormir et son sourire devint tendre. Même les héros ont besoin de dormir.

Qu'il était sexy ! Et attendrissant. Elle était tombée amoureuse de lui dès la première minute. Depuis lors, elle avait trouvé chaque jour une nouvelle raison de l'aimer. Et maintenant qu'ils avaient couché ensemble… eh bien, elle ne concevait pas d'avoir un autre homme dans sa vie.

Soudain, dans son sommeil, il marmonna quelque chose d'inintelligible et l'attira à lui. Elle se retrouva blottie contre sa poitrine, un bras autour de ses épaules, une lourde et puissante jambe mêlée aux siennes.

Elle ne pouvait plus bouger.

De toute façon, elle n'en avait pas envie. Et, après quelque temps, l'atmosphère aidant, elle s'endormit à son tour.

Les lumières étaient toujours allumées lorsqu'elle se réveilla mais elle eut l'impression que beaucoup de temps avait passé. Il faisait un peu froid dans la pièce. Le réveil indiquait 2 heures du matin. C'était déjà le 24 décembre.

La place de Parker, à côté d'elle, était vide. Il émergea bientôt de la salle de bains, toujours aussi nu, toujours aussi beau, les yeux mi-clos, somnolent. Il revint se glisser auprès d'elle sous la couette.

— Bon anniversaire, Lily, dit-il en l'embrassant chastement sur la joue.

Elle sourit.

— Tu fais un sacré cadeau d'anniversaire.

Il grogna, toujours dans son état de demi-sommeil. Elle n'aurait pas dû forcer la chance mais…

— Parker, voudrais-tu me faire une immense faveur ? ne put-elle s'empêcher de demander.

Il lui passa le bras autour de la taille et se mit à lui caresser machinalement le dos.

— Si c'est sexuel, la réponse est oui.

Lily commença par rire et reprit bientôt son sérieux.

— C'est à propos de Noël.

Elle le sentit se crisper.

— Dieu merci, dit-il, j'ai quelques jours de repos ! Je vais débrancher le téléphone pour que ma mère ne puisse pas me déranger et puis je vais me vautrer devant la télé en faisant comme si ce n'était pas Noël.

Pas très prometteur comme début, pensa Lily.

— Je t'ai dit que mes parents étaient partis en vacances et que toutes mes bonnes copines passaient Noël en famille, rappela-t-elle. Je n'ai pas envie d'être seule aujourd'hui. Est-ce que tu voudrais passer la journée avec moi ?

Les secondes s'égrenèrent sans qu'il réponde. Lily se demanda s'il s'était rendormi ou si elle l'avait mis en colère avec ses lubies.

Finalement, il dit :

— À condition qu'on n'aille pas dans les magasins, qu'on n'emballe pas de cadeaux, qu'on ne chante pas, qu'on ne réveillonne pas, qu'on ne me force pas à me réjouir pour un oui pour un non, ma foi, oui, je crois que je me plairais en ta compagnie.

Lily avait déjà fait les courses, les paquets cadeaux étaient emballés dans du beau papier, la chorale pouvait se passer de lui. Quant à se réjouir ou pas, c'était son affaire.

— Merci.

Il l'enlaça tendrement et dit :

— Je te dois bien ça.

Alors, furieuse, elle se redressa.

— J'ai fait l'amour avec toi, Parker. Ce n'est pas un service que je t'ai rendu.

— Non, non, protesta-t-il. Ce n'est pas ce que je voulais dire. Je parlais de la manière dont je t'ai manqué de respect hier soir.

Penaude, elle s'étonna :

— Tu m'as manqué de respect, toi ?

— Oui, quand je t'ai dit que je t'avais soupçonnée d'être une call-girl.

Rassurée, elle se pelotonna de nouveau contre lui.

— Maintenant, tu sais à quel point c'était ridicule.

— Oh oui, dit-il en lui caressant le dos. Encore que...

— Quoi ?

— Eh bien, tu es une petite nana vachement bandante. Je suis sûr que tu gagnerais bien ta vie si tu décidais de vendre ce joli petit corps.

— Vil flatteur ! répondit-elle en l'embrassant sur la poitrine. Sérieusement, après avoir été courtisée pour mon argent, ça fait du bien d'être considérée comme, euh, une petite nana vachement bandante.

Parker lui embrassa le bout du nez.

— Demain matin, quand je serai bien reposé, je te ferai voir ce que j'entends par là.

Lily, plus heureuse qu'elle ne l'avait jamais été dans sa vie, murmura :

— Des promesses, toujours des promesses...

Mais Parker s'était déjà rendormi.

Pour tenir parole, il faudrait qu'il attende, parce que, demain, elle avait l'intention de lui faire aimer Noël. Ensuite, elle avait l'intention de lui voler son cœur. Cette année, elle voulait tout.

Elle voulait Parker Ross.

4

Au réveil, Parker constata qu'elle n'était plus là. Il s'assit dans le lit et regarda l'heure. Midi.

Il se passa la main sur le visage… et respira une bonne odeur de cookies.

Il entendit de la musique de Noël.

Il entendit Lily qui fredonnait.

Elle n'était pas retournée chez elle. Non, elle s'était juste levée pour faire de la pâtisserie. Il s'attendrit.

Holà ! La dernière chose dont un flic avait besoin, c'était d'un cœur tendre.

Il se sentait vieux. Ah, il était loin, le temps où il pouvait prendre des gardes de vingt-quatre heures, faire l'amour et se réveiller en pleine forme le matin suivant.

Il avait l'esprit embrumé, des petits yeux et mal à tous les muscles.

Pendant ce temps-là, Lily chantait dans la cuisine.

Parker se leva et s'approcha du placard. Il ne vit que des costumes sombres, noirs ou bleu marine, et passablement démodés. Leurs différences se voyaient jusque dans la garde-robe.

Était-ce si important que ça ?

Il renifla, huma la bonne odeur de cookies, et hocha la tête : au diable les vêtements tristes et la différence d'âge.

Il voulait Lily.

Il passa sans s'arrêter devant la commode qui contenait ses jeans et ses caleçons et entra dans la cuisine. Une agréable surprise l'attendait.

Vêtue d'une de ses chemises et rien d'autre, Lily était penchée devant le four. Quel beau lever de soleil !

Il s'approcha doucement, le bruit de ses pas couvert par la musique, et la prit par la taille.

— Bonjour, vous ! murmura-t-il d'une voix un peu enrouée.

— Salut, Dormeur ! dit-elle en se retournant. Mais... tu es tout nu !

— Eh oui ! Tu m'as piqué ma chemise. Mais c'est parfait. Mes fringues te vont mieux qu'à moi.

En lui caressant la poitrine, elle murmura :

— Eh, je ne me plaignais pas ! Tu veux du café ?

Il hocha la tête.

— Je veux faire l'amour.

En riant, elle se mit hors d'atteinte.

— Tes cheveux sont dressés sur ta tête, tu as assez de barbe pour m'arracher une couche de peau et je n'ai pas fini les cookies.

Se frottant le menton, il se rendit compte qu'elle avait raison.

— D'accord, je vais me raser et prendre une douche. Je reviens dans dix minutes. Finis tes cookies.

— Mais...

— Chut ! ordonna-t-il avec un clin d'œil complice. Tu m'as voulu, tu m'as eu. Va m'attendre dans le lit.

Comme promis, Parker ressortit de la salle de bains dix minutes plus tard. Il la vit assise au milieu du lit et, comme dans un rêve, il marcha vers elle dans un halo de vapeur. Sa démarche était impérieuse, ses joues rasées, ses cheveux bien coiffés.

Il était toujours tout nu.

En le voyant si beau et désirable, Lily fut tentée de céder à la tentation sans délai. Mais elle avait d'autres plans.

Hélas, lorsqu'elle essaya de lui parler, il se coucha sur elle et essaya de la bâillonner d'un baiser.

— Parker, non ! protesta-t-elle.

— Maintenant que je t'ai eue, lui murmura-t-il à l'oreille, je te désire encore plus.

Après un tel aveu, c'était le moment ou jamais de parler d'avenir. Lily ferma les yeux, prit une profonde inspiration et dit :

— Tu crois que tu me désireras encore dans un an ? Dans cinq ans ? Dans...

Il se redressa mais Lily gardait les yeux fermés. Elle n'osait pas le regarder. Elle avait peur de sa réaction.

— De quoi parles-tu, Lily ? demanda-t-il en lui touchant la joue.

Elle entrouvrit timidement un œil et vit qu'il avait juste l'air curieux, plutôt attendri. Ni agacé ni furieux.

Elle montra un gros livre posé sur la table de nuit.

— J'ai un cadeau pour toi.

Là, il s'assombrit.

— Nous avions dit : pas de cadeau.

— Non, nous étions d'accord pour ne pas *emballer* de cadeaux. Et puis, c'est un cadeau un peu particulier.

En plissant le front, il regarda vers la table de nuit.

— Un album de photos ?

— Un livre de souvenirs.

— Bonne idée ! s'exclama Parker. Faisons-nous quelques souvenirs ensemble. En commençant maintenant.

Il lui prit la tête entre ses deux mains et essaya de l'embrasser, mais Lily lui échappa et se laissa retomber sur l'oreiller.

— C'est important pour moi, Parker.

— Je n'aime pas quand une femme commence à parler comme ça.

Elle lui donna une poussée.

— Ça pourrait être important pour toi aussi, Parker, si tu m'écoutais au lieu de jouer les Grinch.

En poussant une plainte, Parker se coucha sur le dos et mit son bras sur ses yeux.

— D'accord, dit-il, résigné. Fais voir. C'est à propos de Noël, je parie ?

Doucement, Lily se redressa. Parker n'avait pas l'air bien disposé mais elle attrapa quand même l'épaisse reliure de cuir rouge et la posa sur ses cuisses. Comme chaque fois qu'elle la touchait, elle devenait sentimentale.

— Il y a des choses à mon sujet que j'ai envie que tu saches. Des choses qui pourraient te faire changer d'avis.

— De quoi s'agit-il ? demanda Parker avec inquiétude.

C'était tellement important pour elle qu'en un instant elle se retrouva au bord des larmes. Sur le visage de Parker l'inquiétude céda la place à la panique. Il se redressa et chercha à l'apaiser par des caresses dans les cheveux et des baisers sur les joues.

— Oh, non, Lily, je t'en prie, ne pleure pas. Je ne supporte pas de voir ça.

— Excuse-moi, dit-elle d'une voix étranglée. N'y pense plus.

Il la prit par la pointe du menton, la força à relever la tête et la regarda avec un mélange de chagrin et de compassion.

— C'est à propos de Noël, c'est ça ? C'est ma faute, je suis borné. Si tu tiens vraiment à ce que je t'aide à emballer des paquets, OK. Tu verras ; je sais faire des jolis nœuds en bolduc. Mais, je t'en prie, arrête de pleurer.

Il était vraiment merveilleux ! Comme elle avait raison de l'aimer !

— Il ne s'agit pas de paquets cadeaux. C'est à propos de Noël, l'esprit de Noël. La générosité. Le dévouement envers autrui. Sans ce dévouement, je ne serais pas là.

Parker resta sans bouger.

— Qu'est-ce que tu veux dire ?

Comme chaque fois qu'elle y repensait, Lily avait les larmes aux yeux.

— Que je serais morte, Parker. Et ma mère aussi.

Pendant un moment, Parker ne dit rien, mais il respirait fort, comme s'il était ébranlé. Puis, il l'attira contre lui et dit :

— D'accord, je t'écoute. Raconte !

Joyeusement, Lily ouvrit l'album, qui contenait des articles découpés dans des journaux. Sur la première page était collé le plus important de tous. Elle le garda pour la fin.

Le deuxième était titré : « Un comptable décoré pour acte de bravoure. »

— Une femme avait eu un malaise au volant, raconta Lily, et sa voiture était allée s'encastrer dans une pompe à essence. Il y avait des flammes partout. Les gens autour n'osaient pas s'approcher.

Parker lut à haute voix :

— « Phil Benton a sorti Margery Wilson de sa voiture en flammes, au péril de sa vie. Quelques secondes plus tard, le réservoir explosait. »

— C'était un 24 décembre, expliqua Lily. M. Benton rentrait chez lui où l'attendaient sa femme et ses enfants. Le réveillon a été retardé parce qu'il est resté plusieurs heures à l'hôpital.

— Il avait été blessé ?

— Non. Il est resté au chevet de Margery parce qu'elle n'avait pas de famille. Lorsqu'elle est sortie de l'hôpital vers minuit, il l'a emmenée chez lui et elle a réveillonné avec eux.

Parker resta silencieux et pensif. Lily tourna la page. L'article suivant disait : « Un étudiant blessé par balle. »

Elle lut :

— « Acte d'héroïsme. Le jour de Noël, l'étudiant en mathématiques Dennis Clark est venu au secours de son meilleur ami qui était victime d'une attaque à main armée. »

— Je me souviens de cette affaire, dit Parker. Le jeune homme a voulu protéger son ami qui était en train de se faire passer à tabac par deux types. Il a pris une balle dans la poitrine, pas très loin du cœur.

Il regarda la photo qui illustrait l'article, sur laquelle un jeune homme au visage poupin, en tenue de sport, souriait.

— Il est resté entre la vie et la mort pendant quelque temps, dit-il.

— Oui, murmura Lily. Il a toujours la balle dans le corps.

— Et il a toujours son meilleur copain, ajouta Parker.

Contente que Parker le prenne comme ça, elle lui montra les autres articles, une vingtaine en tout – et ce n'était que l'un de ses albums ! Elle en avait beaucoup d'autres. Peut-être qu'un jour ils les regarderaient ensemble.

Finalement, elle revint au premier article et dit :

— Celui-là, c'est le mien.

Parker regarda le papier jauni et les caractères d'imprimerie à demi effacés. De sa voix bien timbrée, il lut :

— « L'héroïsme d'un policier sauve une femme enceinte. » Ta mère ? demanda-t-il après une pause.

Des larmes se mirent à rouler sur les joues de Lily mais, cette fois, Parker n'y trouva rien à redire.

— Elle était infirmière. C'était le jour de Noël. Il y avait un mètre de neige et du verglas en dessous. Beaucoup de rues étaient fermées. Les chasse-neige n'étaient pas en nombre suffisant.

— Mais elle était infirmière et elle a bravé le mauvais temps.

— Oui.

Lily abandonna sa tête contre l'épaule de Parker.

— Maman venait de garer sa voiture au dernier étage d'un parking et de retirer sa ceinture de sécurité lorsque le chauffeur du camion de nettoyage a perdu le contrôle. Le camion s'est mis à glisser sur le verglas. Le chauffeur a freiné, a tourné le volant, mais rien n'y a fait, le camion a continué à avancer tout droit. Ça s'est passé si vite... Il a embouti la voiture de ma mère. Elle a été éjectée à travers le pare-brise.

— Bon Dieu !

— Mais ce n'est pas le pire. Elle a atterri sur le ciment du parking et le camion l'a ramassée dans ses rouleaux avant d'aller terminer sa course dans la rambarde. Il n'est pas tombé en contrebas. Il est juste resté en équilibre précaire sur le bord. Ma mère était coincée, elle ne pouvait plus respirer. Elle avait une hémorragie interne, des fractures partout, dont une fracture du crâne. Pourtant, elle était toujours lucide. Et le camion qui risquait à tout moment d'aller s'écraser vingt-cinq mètres plus bas !

— Mais quelqu'un est venu à la rescousse, dit Parker.

Lily lui sourit.

— Un policier… comme toi.

Elle se retourna vers l'article et le caressa du bout d'un doigt, avec respect.

— L'accident n'était pas passé inaperçu. Des infirmiers et des pompiers étaient arrivés sur place. Mais personne ne savait quoi faire. C'était dangereux. Impossible d'aller la chercher sans risquer de tomber avec elle. Pourtant, le flic, lui, n'a pas hésité. Il a tout de suite compris que, s'il attendait trop longtemps, elle risquait de mourir étouffée. Il s'est glissé sous le camion avec un masque à oxygène, continua Lily d'une voix entrecoupée de sanglots. Ma mère m'a dit qu'elle se souviendrait toujours de sa voix lorsqu'il lui a dit de respirer lentement, de se cramponner… Il lui a dit que tout allait bien se passer et elle l'a cru.

— Tu n'as pas été blessée ?

Lily rit et pleura tout à la fois.

— Non. Je suis née par césarienne pendant qu'ils opéraient ma mère. J'étais minuscule mais en bonne santé.

— Dieu merci !

— Et le policier qui l'avait aidée, il a attendu qu'elle ressorte du bloc, pour être sûr qu'elle allait bien. Ma mère m'a raconté que, lorsqu'elle l'a rencontré par la suite, il lui a dit qu'il avait pensé à sa propre femme, qui était également enceinte à l'époque.

Les secondes passèrent, et Lily attendit anxieusement la réaction de Parker. Avait-elle bien fait de lui ouvrir son cœur ?

Puis, Parker lui prit la main, se la posa sur le cœur.

— Tu sens la différence ?

Déroutée, Lily demanda :

— Quelle différence ?

— La manière dont mon cœur a décuplé de volume.

Toujours aussi perplexe, elle lui fit face.

— De quoi parles-tu ?

— Du Grinch. Tu te souviens, lorsqu'il comprend enfin la vraie signification de Noël, son cœur se dilate dans sa poitrine ?

Lily se mit à respirer par à-coups.

— Oui, je me souviens.

— Eh bien, c'est exactement ce qui est en train de m'arriver. Mon cœur est si gros qu'il ne tient plus dans ma cage thoracique.

Il l'embrassa sur le bout du nez et ajouta :

— Bon sang, Lily, que j'ai été bête !

— Mais non !

— Je t'aime, Lily.

Elle le regarda avec des yeux ronds, assommée, sans voix.

— C'est vrai, reprit-il, je t'aime depuis longtemps mais je ne voulais pas l'admettre. Je pensais que tu étais trop jeune pour moi, et beaucoup trop heureuse. Avec ton optimisme à toute épreuve, tu me faisais peur. Je suis tellement pessimiste, moi.

— Tu n'es pas pessimiste, dit Lily, qui avait recouvré l'usage de la parole. Tu es un héros.

Il hocha la tête d'un air navré.

— Non. Autrefois, ça m'aurait bien plu mais aujourd'hui ça n'est plus l'essentiel.

— C'est quoi, l'essentiel, Parker ?

— Toi. Je suis heureux que tu sois dans ma vie.

S'autorisant tous les espoirs, Lily demanda :

— Tu m'aimes vraiment ?

— Oui. Je ne m'en suis pas aperçu tout de suite mais, oui, j'imagine que c'est de l'amour. Rien d'autre ne pourrait me faire cet effet-là.

Ça lui déplaisait d'insister lourdement mais elle ne put s'empêcher de demander :

— Et… Et tu crois à l'esprit de Noël ?

— Tu es là, avec moi, dans mon lit, dans ma vie. C'est toi, mon miracle de Noël.

Lily fut transportée de joie.

— Tu devrais être dans le livre des souvenirs, toi aussi, poursuivit Parker. Parce que tu m'as sauvé. C'est tellement facile de se laisser gagner par le désespoir, de ne voir que le mauvais côté des choses. On se focalise sur les échecs au lieu des succès et on perd de vue les choses vraiment importantes.

— Comme l'amour ?

— Comme toi, ma Lily. Comme de passer Noël avec les gens qu'on aime.

Lily, émue, lui caressa la joue.

— À propos des gens qu'on aime…

— Oui, dit Parker en riant, ma mère ne va sûrement pas en revenir, mais je suis d'humeur à aller dîner avec elle demain.

Lily le prit par le cou et le serra fort.

— Ton cœur a vraiment grossi, alors ?

— Assez pour t'aider dans tes refuges, assez pour me remettre à aimer mon boulot, assez pour accepter le fait que je t'aime, aujourd'hui, demain et pour toujours.

Plus heureuse que jamais, Lily murmura :

— Moi aussi, je t'aime.

— Allons faire les magasins ! décida Parker tout à trac.

Étant donné leur position – dans un lit, presque nus –, Lily fut obligée d'éclater de rire.

— Tu veux aller faire les magasins *maintenant* ?

— Oui, mademoiselle ! Pour la première fois depuis une éternité, j'ai envie d'aller acheter des cadeaux. Pour toi.

— Oh, Parker ! murmura Lily en fondant de bonheur. Je t'ai, *toi.* C'est le plus beau cadeau de Noël dont je pouvais rêver.

ERIN MCCARTHY

Le Noël de Claire

1

Claire Robbins descendait tranquillement Michigan Avenue quand ça lui tomba dessus.

Un énorme paquet de neige.

Elle en fut couverte de la tête aux pieds. La sensation de froid lui coupa le souffle. Ce fut comme si quelqu'un lui avait jeté un grand seau de neige fondue. Ça lui trempa les cheveux, ça lui cingla les joues, ça se faufila sous sa grosse écharpe et ça lui dégoulina sur la poitrine. Elle battit des paupières pour faire tomber les gouttes accrochées à ses cils.

En même temps, elle se tourna vers la rue, à la recherche du coupable.

Il était juste là.

Un chasse-neige. Évidemment !

À trente à l'heure, il se pavanait, dans le fracas de son puissant moteur, sa lame biaise rejetant d'énormes quantités de neige plus ou moins fraîche vers le trottoir. Il y en avait pour tous les feux tricolores, toutes les bouches d'incendie, tous les panneaux indicateurs, tous les parcmètres – et tous les passants assez bêtes pour ne pas se mettre hors de portée.

— Crétin ! cria-t-elle.

Elle aurait été prête à parier qu'il faisait une encoche sur le flanc de son camion chaque fois qu'il arrosait quelqu'un avec ses saletés, et qu'il était en train de la regarder dans son rétro en se marrant comme une baleine.

— Va donc, pauvre type !

La neige sur son écharpe, Claire s'en servit pour faire une boule, qu'elle lui jeta, mais il était déjà à plus de vingt mètres. Elle posa ses paquets et s'ébroua. Un gros morceau de neige se décrocha de son genou et lui tomba sur la chaussure.

Ayant encore envie de jurer, elle varia les plaisirs :

— Cochon ! *Schwein ! Puerco !*

Cela fait, provisoirement soulagée, elle se passa la main dans les cheveux et essuya sa bouche.

— Bon Dieu, que c'est froid !

Dire que cinq minutes plus tôt elle chantonnait avec insouciance ! Elle avait trouvé des cadeaux pour tout le monde et ce petit miracle l'avait mise d'excellente humeur. À présent, elle était trempée jusqu'aux os, à deux kilomètres de son appartement, et elle serait morte d'hypothermie avant d'y arriver.

Claire poussa un profond soupir et se mit en marche. À chaque pas, ses semelles faisaient un vilain bruit dans la neige. Elle avait eu la sottise de mettre des souliers plats au lieu de bottes et ses pieds étaient couverts de neige. Elle tapota ses orteils contre le trottoir pour essayer de la faire tomber.

Comme elle n'avait plus assez d'argent liquide pour se payer le taxi, puisqu'elle avait investi ses trois derniers dollars dans une part de gâteau au chocolat, elle se demanda que faire : chercher un distributeur de billets ou téléphoner à un ami ?

Ni l'un ni l'autre. Elle aurait plus vite fait de rentrer à pied.

Elle se consolait en pensant qu'elle avait trouvé des cadeaux sympas pour son frère Derek et pour la femme de Derek, Reese : une paire de boutons de manchette pour lui et un chemisier pour elle.

Ce qui lui rappela que…

— Bon sang, Claire ! se dit-elle tout haut sur un ton de réprimande. Tu es tout près de chez eux.

Cela améliorait considérablement la situation. Elle pouvait y être en moins de deux. Derek et Reese ne seraient pas là : ils passaient les fêtes chez les parents de Reese à New York. Mais Claire avait une clé et elle s'entendait suffisamment bien avec sa belle-sœur pour lui emprunter des vêtements secs. Ils ne lui en voudraient pas non plus d'avoir pris une douche et de s'être fait du café.

Claire progressait doucement, en se dandinant comme un pingouin. Derek adorait les tartes et Reese lui en faisait souvent. Avec un peu de chance, il en resterait dans le frigo. Si quelqu'un avait mérité un bon morceau de tarte, c'était elle.

Après quatre tentatives infructueuses pour mettre la clé dans la serrure, ses doigts gourds refusant de coopérer, Claire put enfin se glisser dans l'appartement de son frère.

Elle tremblait de froid et pensait à des choses douces et chaudes. Un lapin angora. Un nounours. Un édredon. Une plage de sable blanc sous les tropiques.

Sa chevelure était prise dans les glaces. Il était tout à fait possible qu'elle ait perdu ses oreilles dans Michigan Avenue, car elle ne les sentait plus. Son écharpe était comme un paquet de légumes surgelés : chiffonnée et raide. Elle claquait des dents. Quant à ses pieds, ils étaient violacés.

Lorsqu'elle entra dans le salon et qu'elle vit un homme assis sur le canapé devant la télé, elle était tellement frigorifiée qu'elle resta sans réaction. La surprise ne lui arracha même pas le plus petit cri.

— D… D… Derek ? balbutia-t-elle alors même que son bon sens lui soufflait que ça ne pouvait pas être son frère : la chevelure qui dépassait du dossier du canapé était blond clair et Derek était châtain.

Elle avait affaire à un inconnu. Ce qui voulait dire qu'elle allait mourir de ridicule avant de mourir de froid.

Il se tourna et Claire se rendit compte que c'était encore pire qu'elle n'avait cru. Ce n'était pas un inconnu mais Justin Fairbanks, le meilleur ami de son frère… et son premier amour.

Il la regarda avec des yeux ronds.

— Claire ? C'est toi ? s'écria-t-il en se levant d'un bond. Qu'est-ce qui t'est arrivé ? On dirait que tu viens de faire quinze rounds contre l'abominable homme des neiges.

Elle aurait voulu rentrer sous terre.

— Et toi, qu'est-ce que tu fais ici ? demanda-t-elle.

En même temps, elle se rendit compte qu'elle se mentait : Justin n'était pas son premier béguin : il était son *seul* et *unique* béguin. Il était superbe. C'était l'homme idéal, avec sa silhouette d'apollon et son sourire coquin. Enfin, idéal pour elle.

Bien sûr, il l'avait toujours traitée avec beaucoup de condescendance, comme une petite sœur un peu casse-pieds. Mais, aujourd'hui, elle n'avait plus seize ans. Allait-il enfin consentir à la regarder comme une adulte ? Peut-être. Peut-être pas. Le plus probable, c'est qu'il ne verrait jamais rien d'autre en elle que la mignonne pom-pom girl qu'elle avait été.

— Tu es tombée à plat ventre dans la neige ? demanda Justin en se rapprochant.

Et voilà ! Il la rangeait toujours dans la catégorie des ravissantes idiotes incapables de mettre un pied devant l'autre sans se casser la figure.

— Non ! s'exclama-t-elle vivement.

Elle était diplômée d'une grande université, elle avait un beau poste dans une agence de publicité, elle parlait trois langues et en baragouinait deux ou trois autres, elle avait son chez-soi, quelques paires de chaussures hors de prix. Et il la considérait toujours comme une petite fille !

Le moment était venu de lui montrer une fois pour toutes qu'elle était une femme, une vraie. Elle avait une magnifique occasion de vérifier si Justin faisait l'amour aussi bien qu'elle l'avait mille fois imaginé.

— Le… le… ch… chasse-n… neige, dit-elle.

Si elle arrêtait de claquer des dents, ce serait quand même mieux pour séduire Justin.

2

Justin contourna le canapé. Il était sidéré par le spectacle qui s'offrait à lui. La petite sœur de Derek avait l'air d'avoir été trempée dans un bain et puis accrochée tête en bas dans une chambre froide. Ses cheveux étaient dressés comme des piquants. On aurait dit une punk.

— C'est le chasse-neige qui t'a fait ça ? Eh bah, mon vieux !

Il la débarrassa de son écharpe, qui craqua comme du bois mort lorsqu'il la dénoua.

En temps normal, il ne se serait pas approché à moins de trois mètres d'elle et il ne l'aurait touchée pour rien au monde, vu qu'elle lui inspirait des pensées qui n'étaient pas de saison. Elle avait dix ans de moins que lui. C'était une gamine.

Euh, plus si gamine que ça, fut-il obligé d'admettre quand, l'écharpe enlevée, une fort jolie poitrine se laissa deviner dans l'encolure du duffle-coat. Ravalant sa salive, il se força à regarder ailleurs.

Bon, Claire n'était plus une ado. Et alors ? Elle était toujours taboue. Il aurait préféré affronter un essaim de frelons, tout nu, barbouillé de sirop d'érable, plutôt que de la toucher.

Elle avait besoin d'enfiler des vêtements secs vite fait bien fait et, pour pouvoir l'aider dignement, il fallait qu'il maîtrise son désir. Un désir qui ne faisait que croître et embellir.

— Donne tes sacs.

Il les lui prit des mains et les posa par terre. Puis il lui déboutonna son duffle-coat. Puis, il l'aida à l'ôter, en prenant garde à ne toucher que du tissu. Du tissu et rien d'autre. Et certainement pas ce qu'il y avait en dessous. Par exemple, la peau de son cou ou de ses bras.

Tu n'es qu'un maniaque, se dit-il. Un sale pervers.

Lorsqu'il avait éprouvé du désir pour elle, la première fois qu'il l'avait vue, neuf ans plus tôt, il s'était dit que c'était parce qu'il était en manque de femme. Il finissait ses études de droit et il passait sa vie dans ses livres. Mais aujourd'hui il était impardonnable. Il avait fait l'amour pas plus tard qu'avant-hier.

Claire était plantée devant lui, les bras le long du corps.

— Qu'est-ce que tu fais ici ? redemanda-t-elle.

— Oh, euh, Derek sait que je suis ici. Je suis venu voir mes parents. Mais je n'avais pas envie d'habiter chez eux, si tu vois ce que je veux dire. Il y a foule, avec les frères, les belles-sœurs, les neveux, les nièces… Alors, Derek m'a proposé de m'installer chez lui, puisqu'il était en voyage.

— Très opportun, dit-elle.

Très *quoi* ? Justin voyait à peine clair. Alors, il ne fallait pas lui demander de comprendre autre chose que des monosyllabes. Il prit les mains de Claire entre les siennes et les frictionna pour les réchauffer. Elles étaient toutes petites et glacées, les malheureuses. Il la regarda de la tête aux pieds. Il vit des yeux larmoyants, des joues rouges et un jean trempé. Quitte à le regretter plus tard, il dit :

— Tu devrais prendre une douche. Pas brûlante, parce que l'écart de température risquerait de provoquer des démangeaisons. Juste tiède.

Il examina soigneusement les mains de Claire. Elles étaient rouge vermillon, ce qui était bon signe.

— À mon avis, tu n'as pas de gelures, dit-il. Mais il faut que tu te réchauffes.

— Bonne idée, répondit Claire.

Avec entrain, elle se pencha pour se déchausser.

— Alors, qu'est-ce que tu deviens, Claire ? demanda Justin. Je ne t'ai pas revue depuis… depuis quand, au fait ? Depuis le mariage de Derek. Oh ! là, là ! Mais ça va faire cinq ans !

En réalité, il se souvenait fort bien de cette journée pendant laquelle il n'avait fait qu'éviter Claire, trop jolie dans sa petite robe de soie crème, qui la moulait comme une seconde peau, ne laissant pas grand-chose à l'imagination !

En équilibre précaire sur un pied, elle essayait vainement de déchausser l'autre. Des frissons, par intervalles, la secouaient de haut en bas, la faisant vaciller.

Justin leva les yeux au ciel, s'exhorta au courage et prit Claire par le bras.

— Assieds-toi, je vais t'aider.

— Merci, répondit-elle, le souffle court.

Elle se laissa tomber sur le canapé et tendit la jambe.

— Ce que je deviens ? répéta-t-elle, car elle n'avait pas perdu le fil. Eh bien, j'ai un Masters et je travaille depuis dix-huit mois chez Morton, tu sais, la grande agence de pub ? C'est intéressant et bien payé.

Justin s'agenouilla devant elle et lui ôta doucement son escarpin.

— Que demander de mieux ? dit-il.

Soudain, il se rendit compte qu'il était vraiment tout près d'elle. Il avait sous les yeux ces adorables petits seins dont il mettait un point d'honneur à ignorer l'existence. Du coup, il lui ôta sa deuxième chaussure avec un peu plus de précipitation que la première et se redressa.

— Là ! Va prendre ta douche, dit-il.

— D'accord, dit-elle en se relevant. Mais je ne crois pas que je vais réussir à me déshabiller toute seule.

Elle leva les bras et agita les mains au-dessus de sa tête.

— Je ne sens plus mes doigts. Tu ne voudrais pas m'aider à retirer mon pantalon ?

Justin resta un instant sans réaction. Avait-elle vraiment dit *ça* ?

— Euh, oh... oui, bien sûr, bredouilla-t-il.

Il passa de l'autre côté du canapé et se mit à faire semblant de brasser un coussin pour cacher le renflement de son jean.

Ça n'avait pas de sens. Il avait trente-cinq ans. Trop vieux pour avoir des érections d'ado en rut. Et puis, il ne manquait de rien, merci bien. Il avait une amie, Karen, qu'il voyait de temps à autre, quand le besoin s'en faisait sentir. Le programme était toujours à peu près le même : dîner, cinéma, une partie de jambes en l'air et salut, à la prochaine fois. Karen était contente comme ça. Et lui aussi.

Dans ces conditions, pourquoi était-il sur le point de faire exploser la braguette de son Levis à l'idée de déshabiller Claire ?

Elle lui sourit – pour la première fois depuis qu'elle avait franchi la porte.

— Ne t'inquiète pas, dit-elle. Je ne vais pas faire la mijaurée. Je ne suis pas timide.

Formidable ! Comme s'il s'était inquiété de ça !

En vérité, il imaginait plutôt Derek en train de lui refaire le portrait pour lui apprendre à toucher à sa petite sœur.

— Et toi ? lui demanda-t-elle. Tu habites toujours à Dallas ? Tu travailles ? Tu as une fiancée ? Tu prends tes vacances dans des pays exotiques ?

— Oui, oui, non et non.

Elle partit vers la chambre. Il ne se dépêcha pas de la rejoindre. Avec un peu de chance, le temps qu'il arrive, elle se serait déshabillée toute seule…

Ce qui, à la réflexion, ne valait pas beaucoup mieux.

Revenant sur ses pas, Claire pointa le bout de son nez dans l'encadrement de la porte.

— Pas de fiancée ? Pas de vacances ? récapitula-t-elle. Tu fais quoi de ton temps libre ?

Qu'est-ce qu'elle croyait ?

— Je vais vider quelques chargeurs au stand de tir ; je repeins la coque de mon bateau ; je fais de la gym et de la muscu ; je sors avec des quantités de jolies femmes…

Elle éclata de rire.

— Tout ça en même temps ? demanda-t-elle.

Et elle lui fit un clin d'œil.

Parfaitement, *elle lui fit un clin d'œil.* Qu'est-ce que ça voulait dire ?

Là-dessus, Claire ressortit de la chambre, les bras chargés de vêtements propres et secs – ce qui ne dissimulait pas le fait qu'elle avait enlevé son sweater.

Justin pouvait voir des bras nus et un soutien-gorge rose vif orné de paillettes blanches, qui scintillaient, et qui lui rappelèrent les show-girls de Las Vegas. Ces paillettes de verre avaient un nom… mais il ne savait plus lequel. Peut-être parce qu'il était obnubilé par autre chose.

— J'ai de nombreux talents, lui dit-il.

— Oh ! Ça promet !

Claire passa devant lui et laissa tomber son paquet de vêtements sur le carrelage de la salle de bains.

— Voyons si tu es doué pour ôter un jean mouillé, dit-elle. La toile de jean, tu rajoutes de l'eau, c'est pire que de la colle forte.

Elle ouvrit le robinet de la douche. Pour ce faire, il fallut qu'elle lui tourne le dos, se penche et se cambre. Les coutures du joli petit soutien-gorge parurent sur le point de craquer.

La salle de bains était vraiment très, très petite.

Et puis, Derek et sa femme n'étaient pas particulièrement ordonnés. Leurs produits de toilette débordaient de l'armoire et couvraient tous les rebords sur lesquels on aurait pu prendre appui. Le panier à linge sale était rempli jusqu'à la gueule de serviettes et ce qui, à première vue, ressemblait à un jogging. Pas possible de s'asseoir dessus.

Le seul endroit libre était celui où il se trouvait déjà : pile devant Claire.

Elle essaya d'enlever son jean toute seule. Succès mitigé. Elle déboutonna la ceinture et ouvrit à moitié la fermeture Éclair. Justin se mit à suer à grosses gouttes. D'une part, parce que la douche transformait la petite pièce en étuve et d'autre part parce qu'il pouvait voir un bout de la petite culotte de Claire, du même rose que le soutien-gorge.

— Cette vapeur, c'est tellement agréable ! s'exclama-t-elle. Je n'avais jamais eu aussi froid de ma vie.

Elle fit une autre tentative pour ôter son jean et ne réussit qu'à le baisser d'un centimètre ou deux. Justin resta pétrifié.

— Aide-moi, toi ! dit-elle en riant.

Il ne voyait pas ce qu'il y avait de drôle. Il était au supplice.

Bon. Il n'avait plus qu'à obéir.

Lorsqu'il lui toucha le ventre, juste au-dessus de la ceinture de son jean, elle frissonna. Il s'arrêta net.

— Excuse-moi. Mes mains sont si froides que ça ?

Il souffla sur ses doigts pour les réchauffer et, cette fois, il l'agrippa par les poches de devant.

— Pas froides, non, répondit-elle.

Sa voix était devenue rauque. Justin fut pris de panique. Il savait ce que ça voulait dire. Ça voulait dire *désir.*

La gentille petite Claire n'aurait jamais dû avoir cette voix-là. Surtout qu'il était en train d'essayer de la déshabiller. Et qu'en se penchant un peu il pouvait lui embrasser le ventre.

Justin essaya d'en finir au plus vite. Il tira comme une brute et le jean descendit d'un seul coup jusqu'à mi-cuisse. Mais Claire fut projetée en avant et les lèvres de Justin se retrouvèrent contre la coquine petite culotte.

Cela ne dura qu'une fraction de seconde avant qu'il ne se jette en arrière mais ce fut suffisant pour apprécier la douceur du satin et la chaleur qui régnait à cet endroit-là.

— Voilà, dit-il. Tu devrais être capable de finir toute seule.

La laissant avec son jean sur les genoux, il sortit précipitamment de la salle de bains et claqua la porte derrière lui.

Claire s'appuya contre le lavabo et s'autorisa à pousser un soupir. Oh ! là, là ! Quelle déception !

Après ce qui venait de se passer, il n'avait pas cherché à pousser plus loin. C'était à n'y rien comprendre.

De deux choses l'une : ou bien, il avait des nerfs d'acier, ou bien elle ne lui plaisait pas du tout.

Ce qui serait bien dommage car, de son côté, elle avait terriblement envie de lui.

Elle avait senti passer l'haleine de Justin sur son ventre, et puis il lui avait pratiquement embrassé l'entrejambe. C'était normal qu'elle s'enflamme. Sans compter qu'elle n'avait pas fait l'amour depuis dix-huit mois. Et puis, difficile de dire que Bryan était un bon amant. Il était certes vigoureux mais pas du tout raffiné. Il ignorait le sens du mot *préliminaires*.

Claire se débarrassa de son jean. Elle n'avait pas envie de penser à Bryan et à ses maladresses.

Elle avait juste envie de savoir si Justin, lui, était un bon amant. Et, à l'occasion, de lui montrer ce qu'elle savait faire.

Elle ôta son soutien-gorge et ne put retenir un hoquet horrifié lorsqu'elle s'aperçut dans le miroir.

Mon Dieu ! murmura-t-elle. Pas étonnant que Justin ne veuille rien savoir. Elle était laide à faire peur.

Elle avait sur la tête quelque chose qui ressemblait davantage à un hérisson mort qu'à une chevelure. Ajoutez à cela un nez de clown, des joues écarlates, des oreilles garance, des traces pourpres autour du cou : toute la gamme des rouges, quoi !

— *Rediez !* s'exclama-t-elle. T'as l'air fine !

Après avoir enlevé sa culotte, elle se mit sous la douche.

— Ah, oui ! Tout va mieux quand on a bien chaud !

C'étaient des sensations délicieuses. Elle se shampouina deux fois de suite et puis, après s'être abandonnée un moment aux caresses de l'eau, elle prit le gel de douche de sa belle-sœur et, sans lésiner sur la quantité, elle se massa les épaules, les bras, les cuisses.

Elle s'attarda entre les jambes, se disant qu'elle avait besoin de sentir bon là, pour le cas où Justin…

À cette idée, elle eut des éblouissements, elle vit tout tourner et il fallut qu'elle s'appuie contre le mur de la douche pour ne pas tomber.

— *Basta !* se dit-elle. Y en a marre !

Il fallait qu'elle réagisse.

Sa décision prise, elle ferma les robinets, repoussa le rideau et sortit de la douche.

L'heure était venue de jouer son va-tout.

— Justin ? cria-t-elle. J'ai oublié la serviette. Tu peux m'en apporter une ?

3

Il essayait de se conduire en gentleman, parole d'honneur !

Mais ce n'était vraiment pas facile.

Justin se décolla péniblement du canapé et ouvrit le placard à linge dans le couloir.

La sœur de Derek aurait pu être vieille, ou mariée, ou moche. Ou même les trois à la fois.

Mais ç'aurait été trop beau.

Le placard n'était pas mieux rangé que l'armoire de la salle de bains. Six serviettes lui tombèrent sur la tête lorsqu'il essaya d'en sortir une. Après examen, il choisit la plus grande et remit les autres dans le placard. Cette bleue-là était impeccable. Une fois et demie comme une serviette ordinaire. Elle couvrirait Claire du menton jusqu'aux genoux.

Il frappa à la porte de la salle de bains.

— J'ai ta serviette.

— Entre !

Il se rendit compte, alors qu'il poussait la porte, que la douche ne coulait plus. Et, si la douche ne coulait plus, Claire n'était probablement plus dessous. Et, si elle avait besoin d'une serviette, ça voulait dire qu'elle n'en avait pas…

C'était trop tard pour battre en retraite.

La porte était désormais grande ouverte et Claire se trouvait devant lui.

Toute nue.

— Mon Dieu ! s'exclama-t-il.

Malgré lui, il la dévora des yeux.

Elle se présentait de profil, mais ça faisait quand même un fameux spectacle. Elle était en train de se brosser les cheveux. Cette position, bras levés, mettait les seins en valeur et creusait les reins. Ses fesses étaient hautes et fermes, avec des rondeurs qui semblaient appeler les caresses.

Sur sa peau laiteuse couraient des gouttelettes. Il y en eut une qui se balança au bout du mamelon pendant quelques secondes avant de se laisser tomber dans le vide.

Claire se tourna vers lui et tendit les mains, comme si la situation n'avait rien d'extraordinaire. Il se dépêcha de déplier la serviette.

— Claire ! s'écria-t-il sur un ton réprobateur.

Il lui fourra les coins de la serviette sous les aisselles et la força à rabattre les bras pour qu'elle tienne.

— Claire, je t'en prie, couvre-toi !

— Oh, du calme, Justin ! Pas la peine d'être aussi pudibond.

Elle essaya de se libérer. Mais il la tenait fermement. Pas question de laisser la serviette tomber. Pour l'instant, il se contrôlait encore. Mais il était sur le point de craquer.

— Pudibond ? répéta-t-il, interloqué. Parce que tu penses qu'il n'y a pas de mal à se promener toute nue devant n'importe qui ? Je pourrais me faire des idées, tu sais ?

Elle écarquilla les yeux.

— Quel genre d'idées ? Que tu me plais ? Que j'ai envie de faire l'amour avec toi ?

— Bah, oui !

Selon lui, la nudité devant un membre du sexe opposé avait toujours quelque chose à voir avec le sexe – en dehors du cas particulier où il s'agissait d'une visite chez le médecin.

— Alors, j'ai tout bon, conclut Claire.

Les oreilles de Justin se mirent à bourdonner. Ses jambes devinrent molles.

— Hein ! Quoi ? Qu'est-ce que ça veut dire ?

Claire hocha la tête d'un air navré.

— D'où est-ce que tu sors ? dit-elle. J'ai le béguin pour toi depuis que j'ai quinze ans. N'essaie pas de me faire croire que tu ne t'en es jamais rendu compte.

Elle passa le bout de sa langue sur ses lèvres et sourit d'un air enjôleur.

— Tu sais ce que j'espérais ? poursuivit-elle. J'espérais que tu aurais envie de profiter de cette occasion en or.

— Une occasion de quoi ?

— D'avoir enfin ce qui nous fait envie depuis si longtemps.

Justin était de plus en plus dérouté.

— Tu proposes quoi exactement ?

Il avait mangé dans un fast-food ce midi. Peut-être que la mayonnaise avait été bourrée de listeria et qu'il avait des hallucinations.

Pourtant, ça lui sembla bien réel, bien concret, pas fictif du tout, lorsque Claire, profitant de sa distraction, se libéra, saisit la serviette à deux mains et la jeta par terre.

Voyant cela, Justin écarta brusquement les bras pour ne pas être tenté de la toucher.

Se penchant vers lui, elle le prit par les épaules et dit :

— Ce que je propose exactement, vois-tu, c'est que nous passions la nuit ensemble. Au lit. C'est la période des cadeaux et moi, cette année, ce que je veux comme cadeau de Noël, c'est toi.

— Tu ne préférerais pas un iPod ? Tout le monde veut un iPod.

— J'en ai déjà un.

Justin se retrouva à bout d'argument.

Il aurait peut-être été plus à l'aise pour réfléchir s'il n'avait pas eu les seins de Claire sous les yeux. Si elle n'avait pas été en train de se frotter contre lui en divers endroits stratégiquement choisis.

Mais, tel quel, son cerveau ne fonctionnait plus.

Il était comme le loup dans les dessins animés de Tex Avery : très excité, l'eau à la bouche et les yeux qui lui sortaient de la tête.

En conséquence, lorsqu'elle l'embrassa, il n'essaya même pas de résister.

Hissée sur la pointe des pieds, Claire embrassait Justin Fairbanks, avocat d'affaires, beau comme un dieu et chaud comme la braise. Son plus vieux rêve se réalisait et elle n'était pas déçue.

Même si elle n'avait jamais été du genre timide, elle s'étonnait de sa propre audace. Mais, bon ! quand on veut quelque chose, on le prend.

Et elle voulait vraiment Justin. Au moins une fois.

Dommage que le baiser ne dura qu'une seconde. Une seconde extraordinaire, magique. La terre chancela sur ses bases, le ciel s'entrouvrit, ce fut un feu d'artifice, il y eut de célestes musiques – bref, toutes les comparaisons que Claire avait toujours trouvées débiles jusqu'à ce que ses lèvres rencontrent celles de Justin. À cet instant, elle se rendit compte que tout, absolument *tout,* était vrai.

Et alors, il fallut qu'il gâche ce merveilleux moment.

D'abord, il cessa brusquement de l'embrasser, puis, il la prit par les bras et la repoussa.

Claire ravala son souffle, déçue, et attendit qu'il s'explique… même si elle n'était pas pressée d'entendre ce qu'il avait à dire. Il avait l'air triste, pas du tout d'humeur à folâtrer.

Ce qui était bien dommage car elle était là, dans la tenue d'Eve, et s'il la repoussait, elle n'aurait plus qu'à mourir de honte.

— C'est impossible, dit-il. Je pourrais être ton père.

Claire poussa un soupir de soulagement. D'accord ! Ça valait toujours mieux que de l'entendre dire qu'il était marié, ou homo, ou qu'il n'avait jamais vu une fille moins désirable qu'elle. Oui, ça valait mieux que tout ce qui précédait, mais c'était quand même d'une bêtise incroyable.

Claire rassembla son courage, bien décidée à tenter sa chance une dernière fois avant de déclarer forfait.

— Eh bah ! s'exclama-t-elle. Tu étais sans doute le môme le plus précoce de l'école.

— Que veux-tu dire ?

Justin regardait le plafond. Ou le sol. Ou les murs. Tout sauf elle.

— Je veux dire que tu dois avoir une dizaine d'années de plus que moi ! C'est jeune pour être père, même pour un gosse entreprenant et déluré.

Enfin, il se résigna à la regarder.

— J'ai eu trente-cinq ans la semaine dernière, dit-il.

— Alors, bon anniversaire. Et moi, j'en aurai vingt-six la semaine prochaine. Ça fait juste neuf ans d'écart. Tu vois, je ne suis plus un bébé. Je suis en âge de savoir ce que je veux. Et, ce que je veux, c'est toi. Si ça ne t'intéresse pas, si je ne te plais pas, tu n'as qu'à le dire.

Elle se rhabillerait, rentrerait chez elle et tâcherait de penser à autre chose.

— Allez, insista-t-elle. Dis-le : « Non, Claire, ça ne m'intéresse pas. » Vas-y, je n'en mourrai pas.

Il ne dit rien de tel. Au contraire, il posa sur elle un regard brûlant de désir, s'attardant à contempler les seins.

— Oh, oui, ça m'intéresse. Tu me plais beaucoup, Claire. Tu es sexy, désirable en diable.

Oh, formidable ! Ça marchait !

— Et ? souffla-t-elle.

— Et c'est ce que je pense depuis la première fois que je t'ai vue. Mais tu étais tellement jeune. On ne peut pas convoiter une fille de seize ans sans se sentir coupable, n'est-ce pas ?

De mieux en mieux ! pensa Claire.

— Je n'ai pas toujours eu seize ans, idiot ! dit-elle. L'année d'après, j'en ai eu dix-sept. Et l'année suivante, dix-huit… Mais, bon ! ça n'a plus d'importance. Tout ce qui compte aujourd'hui, c'est que nous sommes tous les deux des grandes personnes. Je suis majeure et vaccinée et prête à faire tout ce que tu voudras… puisqu'il s'avère que tu es intéressé.

— Tout ? demanda-t-il d'une voix sourde.

À voir son œil égrillard, il avait quelques idées intéressantes.

— Tout, confirma-t-elle en lui collant ses seins sous le nez.

— Je, euh, je continue de penser que nous ne devrions pas faire ça, bredouilla-t-il.

Elle comprit qu'il était à sa merci.

— D'accord, d'accord, dit-elle. Pas de problème.

Elle pivota pour ramasser la pile de vêtements qui était toujours par terre.

— Dans ce cas-là, reprit-elle, je vais m'habiller. Je n'ai plus très chaud, moi.

— Non, attends !

En grimaçant, il se passa la main dans les cheveux. Claire se retourna vers lui. Elle savait bien qu'elle venait de lui offrir une vue imprenable sur son derrière.

— Oui ? demanda-t-elle innocemment.

— Je n'ai pas envie que tu te rhabilles.

Il dit cela sur le ton de quelqu'un qui avoue qu'il porte une perruque : avec réticence et honte. Claire eut soudain envie de rire.

— Justin, je t'en prie, n'en fais pas un drame. Nous sommes deux adultes qui ont envie de faire l'amour ensemble. Il n'y a pas de mal à ça.

Justin se contenta de bouder.

— N'aie pas peur, ça ne fait pas mal, reprit Claire. Tu n'auras rien à faire. Tu n'auras qu'à te fier à moi. Je ferai tout le boulot.

Elle lui sourit d'un air mutin. Elle avait espéré qu'il rirait. Il fit grise mine.

— Je n'y comprends rien, dit-il en bougonnant. Quand je te vois, je ne me contrôle plus. Et ça me chagrine. J'aime bien contrôler mon désir.

Claire, en revanche, se réjouit d'apprendre qu'elle lui faisait perdre son self-control.

— Ne te fais pas de bile pour si peu. Il y a trop longtemps que tu as envie de moi, c'est tout. C'est pareil pour moi. C'est pourquoi je fais des choses que je n'aurais jamais imaginé faire : par exemple, d'avoir une longue conversation avec toi dans une salle de bains, complètement nue.

Justin resta sans voix.

— Tiens ! reprit Claire. Ça me donne une idée.

— Quoi ?

Maintenant qu'il était d'accord pour faire l'amour, elle ne voyait pas d'inconvénient à lui laisser la direction des opérations.

— Retourne dans le salon. Nous allons tout reprendre à zéro.

4

Justin aurait dû décamper tandis que c'était encore possible. Oui, filer sans demander son reste lorsque Claire lui avait dit d'aller l'attendre dans le salon.

Parce qu'elle avait émergé de la salle de bains toute proprette et plus jolie que jamais, les cheveux en queue-de-cheval, vêtue d'un pantalon de jogging et d'un sweater deux fois trop grands pour elle. C'était presque pire que nue parce qu'elle avait l'air d'une femme après l'amour. Un peu comme si elle était sa petite amie et qu'ils vivaient ensemble.

La situation avait quelque chose de conjugal…

Oh ! là, là ! Il ne devait pas y avoir eu que de la listeria dans la mayonnaise parce qu'il était en train de perdre la tête !

— Tu as dîné ? demanda-t-elle sur un ton détaché.

Incroyable ! Elle se comportait comme s'il ne s'était rien passé de spécial dans la salle de bains.

— Non !

Il avait été sur le point de se contenter d'un paquet de pop-corn lorsqu'elle avait fait son entrée, déguisée en bonhomme de neige.

— Tu aimes les spaghettis à la bolognaise ? Je peux en préparer en vitesse. Je meurs de faim. Je n'ai rien mangé depuis ce matin, sauf un bout de gâteau au chocolat que j'ai acheté tout à l'heure, pendant que je faisais les courses.

Justin la suivit dans la cuisine. À ce stade, le point de non-retour n'était pas franchi. Formellement, il avait encore le choix : ou bien lui dire de rentrer chez elle, ou bien accepter sans façon tout ce qu'elle offrait. Le dîner et le reste.

L'amour avec elle serait, sans aucun doute, mémorable.

Il n'y avait pas à hésiter.

— Oui, j'aime bien les spaghettis à la bolognaise.

Il n'était pas en manque de femmes – il avait Karen. Et il ne se voyait pas épouser Claire : trop jeune, trop fantasque.

Conséquemment, il ne pouvait s'agir que d'une aventure d'une nuit.

Mais, une nuit de plaisir, c'est toujours bon à prendre. Il n'y a jamais eu de mal à ça.

Certes, les choses se passent rarement comme prévu. Mais il était prêt à prendre le risque. Claire avait raison. Ils étaient majeurs et vaccinés. Elle avait envie de lui et c'était Noël.

Il ne pouvait pas lui refuser ça.

Claire mit de l'eau à chauffer.

Justin eut envie de se faufiler derrière elle, glisser les mains sous son sweater et lui caresser les seins.

— Tu devras te contenter de sauce en conserve, annonça-t-elle. Reese et Derek n'ont jamais grand-chose dans leur garde-manger.

Elle leva les bras vers le placard et Justin n'y tint plus.

— Tu sais, Claire ?

Il allait devenir fou s'il attendait encore.

— Oui ?

— Oublions les spaghettis cinq minutes.

— Hein ? Quoi ?

Elle se retourna et faillit se cogner contre lui, étant donné qu'il était à quelques centimètres derrière elle. Surprise, elle porta la main à son cœur.

— Tu m'as fait peur.

Justin n'arrivait pas à comprendre pourquoi il avait hésité. Elle était délicieuse. Le teint frais et rose, la prunelle luisante.

Il lui prit la tête entre ses deux mains et l'embrassa sur la bouche.

Oh, que c'était bon ! Il ferma les yeux. C'était meilleur que la première fois, quand la surprise l'avait rendu idiot.

Maintenant, il était lucide et décidé à profiter de la situation. Elle avait des lèvres charnues. Moelleuses et savoureuses. Justin les dévora, ne s'arrêtant que lorsqu'elle tressaillit des pieds à la tête.

— C'est tout ce que tu voulais ? demanda-t-elle d'une voix émue.

— Oh, non !

Le sweater qu'elle portait était vieux et avachi. Justin le lui ôta sans égards particuliers.

Il constata avec joie qu'elle n'avait pas pris la peine de remettre son soutien-gorge.

— J'ai envie de toi, murmura-t-il. J'ai envie de te prendre *maintenant*. Si ça te pose un problème, il est encore temps de le dire.

Claire toucha la ceinture de Justin, sans essayer de l'ouvrir, juste pour le plaisir de jouer avec.

— Pas le moindre problème, répondit-elle. Au contraire. Tu sais, je ne suis pas le genre de fille à m'enticher d'un garçon, mais je dois reconnaître que, dans ton cas, j'ai eu un sacré béguin.

Justin se mit à lui caresser les seins, aussi heureux de sentir la douceur de sa peau que de l'entendre ronronner de plaisir.

— J'aime mieux appeler ça : « penser à quelqu'un avec envie ». C'est exactement la même chose mais ça fait moins adolescent que « béguin ».

— Tu l'as fait ? Penser à moi avec envie ? demanda Claire tout en dodelinant de la tête tandis qu'il lui caressait les mamelons du bout des doigts.

— Quelquefois, répondit-il.

Bien plus souvent qu'il n'était prêt à l'avouer. Chaque fois qu'il avait vu Derek ou juste entendu son nom, il avait pensé à Claire – ou, plus exactement : il s'était imaginé en train de faire l'amour avec elle.

— C'est bon, tes caresses, dit-elle en fermant les yeux. À partir de maintenant, je me tais.

— Bonne idée.

Justin se pencha et lui embrassa le bout des seins. Au lieu de gémir, de psalmodier « Oh, oui ! Oh, oui ! » ou de l'agripper par les cheveux comme il l'espérait, elle le repoussa vivement.

— *Rediez !* Attends une seconde !

Justin se figea, courbé, bouche ouverte, sur le point de gober un mamelon – et conscient qu'il ne devait pas avoir l'air malin dans cette attitude.

— Qu'est-ce qu'il y a encore ?

— Il nous faut un préservatif. Je n'utilise pas de contraception.

Les seins à l'air, elle partit vers la chambre.

— Je n'en ai pas pour longtemps, dit-elle. Je sais où en trouver. Derek ne veut pas d'enfant et Reese ne supporte pas la pilule. Et, comme ils font l'amour tout le temps, ils ont des préservatifs dans tous les tiroirs.

Justin se demanda s'il avait vraiment besoin de savoir tout ça.

Malgré tout, il bénit le tempérament de Derek lorsque Claire revint, quelques secondes plus tard, brandissant triomphalement un paquet de préservatifs.

Plus tard, lorsqu'il aurait de nouveau une conscience, il se demanderait si c'était moral d'utiliser les capotes de Derek pour faire l'amour avec la sœur de Derek. Pour l'heure, il était trop occupé pour se poser ce genre de question.

Claire était penchée devant la plaque chauffante, toujours à demi vêtue, naturellement, en train d'éteindre le feu sous la casserole d'eau. Elle se retourna et lui sourit.

Justin ôta sa chemise avec des gestes brusques, comme un homme qui s'apprête à se battre ou à se jeter à l'eau. En le voyant venir, elle écarquilla les yeux.

La queue de cheval de Claire se balança dans tous les sens et ses seins s'écrasèrent contre la poitrine de Justin lorsqu'il l'attrapa par la ceinture de son jogging et la plaqua contre lui.

Elle avait un joli petit corps, très ferme, et une peau soyeuse sur des muscles effilés. C'était une fausse maigre, ce qui, selon lui, était la seule bonne façon d'être maigre.

Il la prit par les fesses, la souleva et l'embrassa à pleine bouche.

— *Ooohhh!* fit-elle lorsqu'il lui accorda une seconde pour reprendre son souffle.

Mais elle n'eut pas le loisir d'en dire plus car il lui glissa sa langue dans la bouche. Il devenait de plus en plus fébrile. Chaque cellule de son corps criait: « Il te la faut! Prends-la! Maintenant! » Il n'y avait rien de galant ni de tendre dans la manière dont ses mains couraient sur le corps de Claire.

Lorsqu'il lui baissa son pantalon de jogging, il fit une agréable découverte: elle ne portait rien en dessous.

Il la toucha de façon brouillonne, sans autre idée que de prendre ce qui s'offrait. Ce n'était plus des caresses, c'était du pillage. Claire se trémoussa jusqu'à ce que le pantalon lui tombe sur les chevilles et écarta ses cuisses. Justin accepta l'invitation. Avec sa grande main, il lui engloba le mont-de-vénus. Elle avait la toison la plus fine et la plus soyeuse du monde.

— Que tu es douce, s'exclama-t-il.

Glissant son index dans les anfractuosités secrètes, il ajouta :

— Et chaude ! Et mouillée !

Vraiment très mouillée. Lorsque Justin en profita pour aventurer son doigt dans l'étroit passage, Claire tressaillit et projeta son ventre en avant pour mieux s'offrir.

— Justin ! gémit-elle en lui enfonçant ses ongles dans les épaules.

Elle écarta ses genoux et se mit à osciller du bassin. Justin était dans le même état d'esprit. Il déboutonna son jean, s'en débarrassa avec des gestes brusques et attrapa les préservatifs. Sous ses caresses, Claire poussait des petites plaintes.

— *Rediez !* s'écria-t-elle, pantelante. Je vais jouir !

Sa voix était sourde, entrecoupée de petits cris rauques.

— Je n'ai pas envie de jouir maintenant, dit-elle en guise d'explication. C'est trop tôt.

Mais elle continua de remuer les hanches et écarta encore un peu les genoux.

Justin la lâcha. Elle protesta aussitôt.

— Hé ! Continue !

— Quoi ? J'ai besoin de mes deux mains pour mettre le préservatif.

En voyant le sexe de Justin, Claire se permit d'émettre un petit sifflement admiratif.

— Merci, dit-il sans pouvoir s'empêcher de sourire.

— Tu as besoin d'aide ? demanda-t-elle.

— Non, ça y est. Qu'est-ce que ça veut dire, *Rediez* ?

— C'est de l'espagnol. Ça veut dire « sacrebleu ». J'ai pris l'habitude de jurer en langue étrangère.

C'est tout aussi grossier mais ça écorche moins les oreilles.

Claire avait toujours son pantalon de jogging sur les chevilles. Justin mit le pied dessus pour le maintenir en place pendant qu'elle s'en dépêtrait. Cela fait, il la prit par la main et l'emmena dans un coin de la pièce.

— Mets-toi face au mur, dit-il d'une voix haute et claire en lui donnant une petite poussée pour l'inciter à obéir.

Il était à point. Il la lui fallait tout de suite. Chaque seconde de délai le mettait au martyre.

En se retournant, Claire le regarda par-dessus son épaule.

— Quel macho ! s'exclama-t-elle en souriant. Je n'aurais jamais cru que…

Elle s'interrompit lorsqu'il se mit en position derrière elle. Impossible de se méprendre sur ses intentions. La saisissant par les poignets, il lui fit mettre ses mains à plat sur le mur, de part et d'autre d'un calendrier qui se trouvait là. Puis, il lui donna des petits coups de pied dans les chevilles pour l'inciter à écarter les jambes. Il avait la gorge sèche. Ses oreilles bourdonnaient. Son sang bouillonnait dans ses veines.

En disant : « Désolé, mais je n'en pouvais plus d'attendre », il la prit par-derrière, d'une seule poussée. Sous la brutalité de l'assaut, Claire fut projetée en avant et se cogna contre le mur. Justin aurait dû s'arrêter, demander pardon, mais c'était trop bon. Il ferma les yeux et savoura. Encore une seconde de plaisir égoïste. Après, il s'occuperait d'elle.

Sauf que Claire n'avait que faire de ses excuses. Les bras en arrière, elle l'agrippait par les hanches et l'incitait à continuer.

— Oh, oui, Justin, oh oui, plus vite, plus fort, je vais jouir… là, ça y est !

Elle poussa un cri aigu et un frisson lui parcourut l'échine, du creux des reins jusqu'à la nuque. Après cela, toute molle, elle appuya son front contre le mur.

Elle resta immobile une demi-minute, le temps de reprendre haleine, et puis Justin eut la surprise de l'entendre murmurer : « Oh, mince ! Je suis désolée. »

Désolé, Justin ne l'était certes pas. Il se pencha et lui embrassa la nuque, providentiellement dévoilée par la queue de cheval.

— Tu n'as pas à t'excuser. Il faudrait que je sois le dernier des crétins pour m'offenser parce que tu as joui avec moi.

— C'était… si gros… je te sentais tellement bien… et puis… voilà !

Justin n'était pas décidé à en rester là.

— Cramponne-toi au mur, chérie.

Plus rien n'aurait pu l'arrêter. Il s'enfonça en elle profondément et recommença ses mouvements de va-et-vient. À chaque poussée, ses cuisses claquaient contre les fesses de Claire. C'était le bruit le plus érotique qu'il ait jamais entendu.

L'orgasme qui s'ensuivit le laissa essoufflé, le cœur battant, sans points de repère. Il tomba contre Claire, qui tomba contre le mur. En même temps, il bouscula le calendrier, qui se retrouva par terre.

— Holà ! fit-il. Regarde ce que tu me fais faire.

— Moi ? rétorqua Claire d'une voix étouffée, vu qu'elle avait le visage écrasé contre le mur.

— Oui, toi ! Moi, j'aurais été prêt à passer la soirée devant la télé. C'est toi qui as dit : « Nous sommes deux adultes, faisons l'amour comme des bêtes. »

Elle rit.

— Je viens de découvrir quelque chose à ton sujet, annonça-t-elle.

Justin fut curieux de savoir quoi. « Je parie vingt dollars que ce n'est pas flatteur, » pensa-t-il.

— Tu es un « exagérateur ». Tu te fais une montagne de n'importe quoi. C'est à mourir de rire. Heureusement que je suis plus raisonnable que ça sinon notre relation…

Notre relation ? Tout de suite les grands mots ! Justin se retira d'elle si brusquement qu'il faillit se cingler le ventre avec son sexe.

— Il n'y a rien entre nous, Claire.

Il supposa qu'elle était en train de lever les yeux au ciel et de prendre un air exaspéré.

— *Madre de Dios !* s'exclama-t-elle. Faut-il que tu sois idiot pour gâcher un aussi délicieux moment ? Je n'essayais pas de te forcer la main, alors calme-toi !

Justin se rendit compte qu'il avait dit une énorme bêtise.

Claire se retourna et tendit les bras.

— Maintenant, donne-moi mon pantalon.

— Non.

C'était puéril mais que fait-on généralement quand on s'en veut d'avoir fait une bêtise ? Réponse : une autre bêtise.

— Comme tu voudras. Je vais faire la cuisine toute nue. Ça ne me dérange pas.

Elle ralluma le feu sous la casserole et traversa la pièce, tête haute.

Justin resta planté là.

— Claire ?

— Ouais ? répondit-elle, la tête dans le placard.

— Je veux me marier.

Lorsqu'elle laissa tomber par terre le paquet de spaghettis, il se rendit compte qu'il s'était mal exprimé.

— Attends ! s'empressa-t-il d'ajouter. Je veux juste dire que j'ai l'intention de me marier *un jour.* Peut-être avec une femme d'ici. Une femme qui voudra de moi, qui sera prête à avoir des enfants, une maison, une vie de famille, ce genre de trucs.

Il se passa la main sur le front pour essuyer la sueur qui commençait à perler.

— Oui, reprit-il, je suis mûr pour le mariage. Il ne me reste plus qu'à trouver la femme idéale.

Claire le regarda fixement.

— Eh bien, si j'en vois une susceptible de faire l'affaire, je ne manquerai pas de te le faire savoir.

Maintenant, Justin ne savait plus quoi dire. Les mains sur les hanches, ridicule avec le préservatif encore accroché à son sexe, il demanda :

— Je peux faire quelque chose pour t'aider ?

Elle le toisa sans rien répondre mais sa mine disait : « Va te rhabiller ! »

5

Ah, les hommes !

Ils sont invivables et on n'a pas le droit de les tuer.

Claire ramassa ses vêtements, se rhabilla, déchira le paquet de spaghettis, chercha un ouvre-boîtes dans un tiroir, ouvrit la boîte de sauce. Quoi qu'elle fasse, ses gestes étaient pleins de brusquerie.

Pourquoi fallait-il que les hommes soient aussi lourds ?

Elle ne voulait pas d'une liaison avec lui, enfin ! Elle n'avait jamais dit ça !

Quel prétentieux, ce type ! Claire enrageait. Son sang bouillonnait dans ses veines plus fort que l'eau des pâtes. Elle était vaguement tentée de rentrer chez elle mais un coup d'œil par la fenêtre la fit réfléchir. Il faisait rudement froid dehors. Et presque nuit. Sans compter qu'elle n'avait toujours pas d'argent pour le taxi et, comme les chaussures de sa belle-sœur étaient trop petites pour elle, deux kilomètres à pied dans ses escarpins mouillés, merci bien !

De toute façon, ce n'était pas dans sa nature de bouder toute la soirée. Elle était plutôt du genre à prendre le taureau par les cornes.

Justin était en train de raccrocher le calendrier.

— Justin ?

— Ouais ?

Il avait l'air de se méfier. Ça pouvait se comprendre.

— Ce que tu m'as dit sur le mariage, est-ce que tu te rends compte à quel point c'était grossier ? Tu m'as pratiquement dit que j'étais le genre de fille avec qui on couche mais qu'on n'épouse pas.

— Je ne l'ai pas dit comme ça. Je voulais juste être honnête.

Il vint derrière elle et lui caressa les bras à travers les manches de son sweater. Elle le croyait. Justin n'était pas mauvais diable. Juste un peu obtus.

— Je te respecte, Claire, reprit-il. Ce qui est précisément la raison pour laquelle j'ai résisté pendant des années à la tentation de te sauter dessus.

Claire se dit qu'il devait y avoir un compliment là-dessous.

— Alors, s'il te plaît, répondit-elle, ne me dis pas *non* quand je ne te demande rien, d'accord ? C'est comme si tu me disais que ta maison n'est pas à vendre alors que j'ai juste dit : « Comme c'est gentil chez toi ! » On peut admirer quelque chose, en jouir, sans que ça veuille dire qu'on a envie de le posséder, tu vois ce que je veux dire ? Quand on est propriétaire, il y a des servitudes. Locataires, c'est plus tranquille.

Claire ne voulait pas qu'il pense qu'elle était amoureuse de lui. Ce qui était le cas. Ce qui avait toujours été le cas. Et maintenant qu'il l'avait regardée avec des yeux brûlants de désir, qu'il l'avait touchée, elle ne l'en aimait que davantage. Elle ressentait vraiment des sentiments, encore petits, mais qui ne demandaient qu'à grandir. Mais, *ça,* Justin n'avait pas besoin de le savoir. Pas pour l'instant.

Il la força à se retourner vers lui.

— Sais-tu pourquoi certains hommes arrivent à la quarantaine sans être mariés ? demanda-t-il.

Il avait l'air particulièrement adorable, avec ses cheveux courts, en désordre, qui lui donnaient un air gamin, et ses yeux noisette, doux et graves à la fois.

— Parce qu'ils aiment la liberté ? suggéra-t-elle.

— Non. Parce qu'ils sont bêtes comme leurs pieds.

Claire éclata de rire.

— J'essaie toujours de faire pour le mieux mais ça ne marche jamais, reprit-il. Je suis excellent dans mon boulot mais, dans le domaine sentimental, c'est catastrophique.

— Pourtant, tu es prêt à envisager de te marier ? rappela Claire.

Les boutons de la plaque chauffante lui rentraient dans les reins mais elle se trouvait trop bien dans les bras de Justin pour s'en plaindre.

— Oui, je me sens prêt pour le partage. C'est nouveau, je n'étais pas comme ça avant. Trop égoïste. Je voulais garder la liberté de vivre à ma guise. Mais, maintenant, je me rends compte que le meilleur usage qu'un homme puisse faire de sa précieuse liberté, c'est de la sacrifier à une femme. Seulement, je n'ai pas encore trouvé la femme idéale. Quelque chose me dit que je suis peut-être déjà passé dix fois à côté d'elle sans la reconnaître. Il faudra que ce soit elle qui vienne se mettre en travers de mon chemin pour m'annoncer qu'on se marie – parce que, si ce n'est pas elle qui prend l'initiative, j'ai bien peur qu'il ne se passe jamais rien.

Blottie dans les bras de Justin, Claire en prit bonne note.

Claire avait réussi à préparer un dîner acceptable avec les moyens du bord. Puis, ils étaient passés dans le salon et ils avaient regardé deux films à la suite.

Maintenant, il était trois heures du matin et ils étaient toujours blottis l'un contre l'autre sur le canapé. Les lumières du sapin clignotaient dans la pénombre.

— Je n'aime pas du tout cet arbre de Noël, dit Claire. Si encore ils s'étaient contentés de deux ou trois guirlandes. Mais, là, on dirait qu'ils ont dévalisé le magasin !

Justin était prêt à admettre que Derek avait un peu abusé sur les décorations.

— J'aime bien les étoiles filantes, dit-il. Mais, avec autant de guirlandes, ils sont bons pour le Guinness des records ! C'est bien simple, on ne voit plus du tout le sapin.

— Ton sapin à toi, à quoi ressemble-t-il ?

— C'est un vrai sapin, pas un truc en plastique. Il est sûrement en train de semer ses aiguilles sur mon parquet à l'heure où je te parle. J'y ai accroché quelques boules rouges, une guirlande et puis c'est tout.

— Moi aussi, j'ai un vrai sapin. Avec quelques boules rouges, quelques boules dorées et une petite guirlande argentée qui commence à perdre ses franges. Y a pas plus simple !

Justin se demanda si des goûts communs en matière de sapin étaient de bon augure. En tout cas, il se sentait très bien avec Claire en ce moment. Il avait passé une merveilleuse soirée et il se disait qu'il n'y avait pas de raison que ça cesse… s'il s'y prenait bien.

Par malheur, il était un peu perdu.

Donnez-lui n'importe quelle affaire à plaider, il la plaide.

Donnez-lui une femme, il ne sait pas comment s'y prendre.

Il y a des hommes comme ça.

— Tu aimes les films de Noël ? demanda-t-il. Tu sais, les comédies sentimentales auxquelles on a le droit chaque année ?

— Non, répondit Claire sans hésiter. C'est comme de la guimauve. Trop sucré pour mon goût.

— Je suis d'accord avec toi à cent dix pour cent, dit Justin. Les bons sentiments, ça va un moment. J'aime mieux les dessins animés sans queue ni tête. Qu'est-ce que tu penses de *Bip-bip et le coyote* ?

— J'adore ! On a beau voir venir le coup, on rigole à chaque fois.

Claire se servit de la télécommande pour allumer la radio et changea de stations jusqu'à ce qu'elle tombe sur des chansons de saison. Elle s'arrêta sur Bing Crosby.

— Je devais avoir une de ces touches lorsque je suis arrivée tout à l'heure ! reprit-elle. Je ne t'ai pas fait peur, au moins, avec mes cheveux dressés sur la tête et mon nez rouge ?

— Je reconnais que j'ai eu la surprise de ma vie, dit Justin. Mais, honnêtement, je ne regrette pas que tu te sois fait asperger par un chasse-neige parce que, grâce à cela, je passe de merveilleux moments.

— Moi aussi.

Justin se rendit compte qu'il n'était qu'à demi satisfait par la réponse de Claire. Il aurait voulu qu'elle en dise plus. Il aurait voulu qu'elle propose de se revoir.

Fallait-il qu'il soit bête ! Il ne pouvait pas s'attendre à ce que Claire suggère quelque chose de ce genre après ce qu'il avait dit sur le mariage.

S'il voulait la revoir, c'était à lui de faire la démarche.

— Avec tout ça, nous sommes déjà le 24 décembre, dit-il. Tu fais quoi aujourd'hui ? Moi, j'ai des parents à voir. Des bébés à embrasser. La routine.

Claire pivota pour le regarder.

— Tu embrasses des bébés, *toi* ?

La mine de Justin s'allongea.

— Comme tout le monde, non ?

Quand on voit un bébé avec sa bonne bouille de bébé, on a envie de lui faire la bise, c'est humain.

— Non, répondit Claire en hochant la tête. Pas comme tout le monde. Il y a des gens qui n'aiment pas ça.

Elle avait l'air tellement mignonne, tellement solennelle, tellement gentille, que Justin se pencha pour l'embrasser. Un baiser très doux, plein de dévotion, susceptible d'exprimer ses sentiments mieux qu'il ne le ferait avec des mots. Il n'avait jamais été très lyrique. Alors qu'il avait toujours su embrasser.

Elle répondit par un soupir avant de s'écarter et de le regarder curieusement.

— Justin ?

Il comprit que ce simple mot contenait une question : *Y a-t-il un avenir pour nous ?*

Claire était de dix ans plus jeune que lui. Elle commençait sa vie professionnelle. Il travaillait à trois mille kilomètres de là, au Texas. Elle était enthousiaste. Il était las. Mais, elle lui plaisait plus qu'aucune autre.

— Je reste ici jusqu'au jour de l'an. Tu pourrais avoir du temps à me consacrer, d'ici là ? demanda-t-il sur un ton faussement léger.

Elle se rapprocha de nouveau.

— Je t'ai dit que c'est toi que je voulais pour Noël, alors, oui, je crois que je pourrais te trouver de la place dans mon emploi du temps.

La jolie coquine posa hardiment la main dans l'entrejambe de Justin.

— Ça, c'est un chouette cadeau, dit-elle. Bien mieux qu'un iPod.

Naturellement, Justin réagit à ses caresses.

— Un cadeau qui grossit quand on l'apprécie à sa juste valeur, dit-il.

Claire partit d'un petit rire mutin.

— J'ai bien envie de l'entourer d'un bolduc.

Elle lui pressa le sexe à travers l'étoffe de son jean et précisa :

— Juste ici.

Il fit la grimace.

— Si je me laisse faire !

— Oh, quel rabat-joie !

— C'est faux. Je suis un vrai boute-en-train. La preuve !

Joignant le geste à la parole, il la renversa sur le canapé et lui baissa son pantalon.

— Hein ? Qu'est-ce que je disais ?

Après quoi, il lui glissa sa tête entre les cuisses, se mit à la lécher et ne s'arrêta pas avant qu'elle n'ait exprimé sa joie dans une demi-douzaine de langues au moins.

6

Le lendemain matin, lorsque le téléphone sonna sur la table de chevet, Claire décrocha machinalement.

— Allô ?

— Qui est-ce ? demanda une voix de femme, sur un ton soupçonneux.

Claire sortit brusquement de sa torpeur.

— C'est Claire, la sœur de Derek.

Elle se souvint qu'elle était dans l'appartement de son frère. Dans sa chambre. Dans son lit. Avec Justin. Justin, qui dormait encore comme un bienheureux, la couverture repoussée jusqu'à la taille. Elle lui donna un bécot sur l'épaule.

— Claire ? Qu'est-ce que tu fais chez moi ?

C'était Reese, sa belle-sœur, et Claire ne songea même pas à mentir.

— Reese ! *Rediez !* J'ai passé la nuit avec Justin. Je suis très amoureuse.

— Toi et Justin ? Hé ! Ça fait longtemps que c'était dans l'air. Bravo ! Comment tu t'y es prise ? Tu es allée le voir et tu lui as sauté dessus ?

Claire savait qu'elle pouvait se fier à Reese.

— Je me suis fait arroser par un chasse-neige et j'étais presque en bas de chez vous. Je suis montée me sécher. J'ai eu la bonne surprise de tomber sur Justin. Et puis, de fil en aiguille…

Elle ne dit pas qu'elle avait un peu forcé le destin.

— Attends une seconde ! dit Reese.

Il y eut un bruit de frottement à l'autre bout du fil, comme si Reese posait sa main sur le micro du combiné. Claire entendit quand même la suite.

— Oui, dit Reese. Avec Justin. Justin et Claire. Et alors ? Calme-toi, Derek. Ta sœur est une grande fille.

Puis, Reese ôta sa main pour s'adresser de nouveau à Claire.

— Ton frère est en train de faire une crise cardiaque, dit-elle sur un ton amusé.

— Je vous dois une boîte de préservatifs, dit Claire. Et puis, il n'y a rien à manger chez vous. Ça a été la croix et la bannière pour trouver de quoi faire des spaghettis potables.

— Nous sommes à New York. Pourquoi est-ce que j'aurais mon frigo plein de victuailles à Chicago ? Et ne t'en fais pas pour les préservatifs. Nous n'en avons plus besoin. Ton frère s'est enfin laissé convaincre. Je suis enceinte. Nous sommes très heureux. Même si ton frère est un peu nerveux.

— Vraiment ? Vous allez avoir un bébé ? s'exclama Claire, tout émue. C'est génial ! Je vais devenir tata Claire ?

— Oui, c'est génial, confirma Reese. Mais j'ai beaucoup de choses à apprendre avant de devenir la meilleure maman du monde, parce que, pour l'instant, je ne suis pas la fée du logis…

Elle n'eut pas le loisir d'en dire plus car Derek lui arracha des mains le téléphone.

— À quoi joues-tu, Claire ? hurla-t-il.

Claire résista à la tentation de lui tirer la langue.

— Je couche avec Justin, répondit-elle ingénument. Mais parlons plutôt de toi. Félicitations au futur papa. Reese m'a dit qu'elle était enceinte. Comment se sent-elle ?

— Elle est épanouie. Même si elle s'inquiète un peu parce qu'elle craint de ne pas être à la hauteur de la tâche. Mais, moi, je suis tranquille. Je suis sûr qu'elle fera une maman formidable. Quant à moi, inutile de te dire que je suis fou de joie. Depuis que je connais la nouvelle, je ne touche plus terre…

La voix de Derek se radoucit et Claire se rendit compte qu'elle avait la larme à l'œil.

— Je suis tellement contente pour vous, dit-elle.

Il y eut une courte pause, pendant laquelle Derek toussota pour s'éclaircir la voix. Puis, il dit :

— Merci, mais n'essaie pas de changer de conversation. Passe-moi Justin.

Claire leva les yeux au ciel.

— Ça ne servira pas à grand-chose.

— Passe-le-moi, répéta Derek d'un ton sec. Maintenant !

Claire comprit que son frère n'était pas prêt à lâcher prise et que la discussion pourrait durer des heures, alors, elle préféra céder.

— D'accord.

Lorsqu'elle se retourna vers Justin, elle le trouva réveillé. Bien réveillé, même. Les yeux grands ouverts. Le regard perçant.

— Tu es *très* amoureuse, c'est bien vrai ? demanda-t-il.

Ah ? Il avait tout entendu ! Après avoir enfoui le téléphone sous les draps pour se mettre à l'abri des oreilles indiscrètes, elle répondit hardiment :

— Oui, je suis très amoureuse de toi.

C'était trop tard pour mentir.

Ce n'était pas la première fois qu'une femme lui disait qu'elle l'aimait. Il avait même cru, une fois ou deux, qu'il aimait aussi.

Mais, dans la bouche de Claire, c'était autre chose. C'était tout bonnement magique. Elle était adorable :

échevelée, l'un des immenses tee-shirts de son frère en guise de chemise de nuit. Mais elle avait l'air inquiète, comme si elle craignait d'être repoussée.

Il n'y avait pas de risque. Justin avait envie de la prendre dans ses bras et de lui faire tendrement savoir que le sentiment était réciproque. Mais, d'abord, il devait parler à Derek.

Il avait des crampes, mal à la tête, la bouche pâteuse. Il n'avait pas assez dormi et il était sur le point de se faire incendier par Derek. Et, cependant, il se sentait merveilleusement bien. Comme quelqu'un qui pourrait courir un marathon sans verser une goutte de sueur.

Comme un homme amoureux.

— Moi aussi, je t'aime, Claire, dit-il. Maintenant, donne-moi ce téléphone.

Elle commença par rester bouche bée. Puis, elle lui passa le téléphone sans dire un mot.

Il se redressa et porta le combiné à son oreille.

— Salut, Derek. Félicitations pour le bébé.

— À d'autres, Fairbanks ! répliqua Derek. Je te prête mon appartement et, toi, tu en profites pour séduire ma petite sœur.

Justin se souvint de Claire, nue dans la salle de bains, tendant la main vers la serviette. Il n'avait pas eu beaucoup d'efforts à faire pour la convaincre de se déshabiller.

— Ta sœur est une grande personne et ce qui s'est passé ici est une affaire entre adultes consentants.

— Elle est trop jeune pour toi.

Justin sourit. Cette objection, il n'avait eu besoin de personne pour se la faire. Mais, à présent, ça semblait absurde.

— Arrête, Derek ! Reese avait vingt-deux ans quand tu l'as connue. Tu en avais trente-trois et personne n'en a fait un drame.

— Tu es une infâme crapule, Fairbanks.

L'insulte était prononcée sans méchanceté, bien au contraire. Le ton était redevenu affectueux. Justin savait que Derek était quelqu'un d'intelligent. Il finirait par se faire une raison. Pour l'instant, il essayait juste de protéger sa sœur.

— Si tu lui fais le moindre mal, Fairbanks, gare à toi.

Justin se tourna vers Claire. Elle était attendrissante, avec ses joues roses, ses yeux brillants et son auréole de cheveux blonds.

— Je n'en ai nullement l'intention, Derek. Maintenant, je te suggère de t'inquiéter pour ta femme et ton futur bébé et de me laisser m'inquiéter pour ta sœur.

— Quelles sont tes intentions envers elle ?

— Sérieuses.

Derek soupira bruyamment.

— Bon Dieu, tu m'as donné mal à l'estomac ! Soit, je me résigne. Tu es un chic type, au fond. Il doit y avoir pire comme beau-frère. Maintenant, revenons à nos moutons : Reese téléphonait parce qu'elle voulait savoir si nous avions reçu un fax. Elle en attend un de son boulot.

— Pas de fax.

— D'accord, à plus tard. Nous reparlerons de tout ça. Dis à Claire que j'aurai deux mots à lui dire à mon retour.

— Je n'y manquerai pas.

— C'est parce qu'il est beaucoup plus vieux que moi, dit Claire en levant les yeux au ciel lorsque Justin lui eut répété le message. Quand notre père est mort, j'étais encore toute petite. Derek s'est retrouvé le seul homme de la famille. À quinze ans, tu te rends compte ? Vu la situation, il a toujours été très protecteur vis-à-vis de moi.

— Il m'a menacé de représailles si je te faisais le moindre mal.

— Il parlait sans doute sérieusement. Mais tu n'as pas l'intention de me faire du mal, n'est-ce pas ? demanda-t-elle en se pelotonnant contre lui. Puisque tu m'aimes.

— Non, je n'ai pas l'intention de te faire du mal, répondit-il en lui passant son bras autour de la taille. Et, à propos de notre amour, qu'est-ce qu'on fait ? On appelle la presse ou on va se cacher dans un désert ?

— Il n'y a plus de désert, répondit Claire sur un ton amusé. De nos jours, les touristes sont partout. Non, nous allons faire comme tous les amoureux. Passer beaucoup de temps ensemble. J'irai te voir à Dallas, tu viendras me voir ici. Et puis, dans un an ou deux, on se mariera.

— Oh ! fit Justin en s'adossant voluptueusement à la tête de lit.

Il se sentait presque ridicule d'être aussi heureux.

— J'ai de la chance que tu sois là pour m'expliquer les choses, murmura-t-il.

Elle rit doucement.

— Je te remercie d'avoir attendu que je grandisse, Justin.

— J'avais tout mon temps. J'ai toujours su que nous étions faits l'un pour l'autre.

Il se redressa et l'embrassa sur le front.

— Si j'ai bien compris, enchaîna-t-il, tu as changé d'avis à propos des locataires et des propriétaires ?

Claire, en éclatant de rire, répondit :

— Disons que je te prends en location... avec option d'achat.

JILL SHALVIS

Épousez-moi, monsieur le maire !

1

Trois jours avant Noël, Camilla Bennett, architecte urbaniste à la mairie de Blue Eagle, parlait à son reflet dans la glace des toilettes des dames : « Vas-y, ma vieille. On n'est pas obligé de travailler tout le temps. S'amuser, c'est permis. »

Oui, sans aucun doute… Mais elle n'arrivait pas à s'en convaincre.

« Cause toujours », se dit-elle.

Sa vie, c'était une « Histoire d'O » dans son genre : Ordre, Organisation, Optimisation…

Elle aurait bien aimé ajouter Orgasme à sa liste mais, comme elle était un peu coincée – et, disons le mot : psychorigide – elle n'avait pas beaucoup de soupirants.

Pour couronner le tout, voilà que, ce soir, c'était le Noël de la mairie, avec un grand bal masqué où « tout le monde allait s'éclater », et elle était tenue d'y assister.

Elle n'était pas à proprement parler rabat-joie. Seulement, ses collègues de travail ne parlaient que de ça depuis la mi-novembre : le sapin, les guirlandes, les cadeaux, le menu du réveillon, les projets de voyages. Ils avaient tous une vie de famille et Noël ne servait qu'à une chose : rappeler à Camilla qu'elle n'en avait pas. Elle détestait les repas où il faut faire semblant de se réjouir, les cadeaux hors de prix qui ne servent à rien et ne plaisent à personne. Et, surtout, elle détestait la solitude.

Jusqu'ici, elle n'avait pas eu beaucoup le temps d'y songer, à cause de *l'affaire* : le maire avait filmé ses ébats avec son très mignon petit ami ; la vidéo avait été volée ; et, à présent, n'importe qui pouvait la voir sur Internet pour la modique somme de 19,95 dollars. C'était le plus grand scandale qu'ait jamais connu la ville de Blue Eagle et personne ne pouvait prédire les conséquences sur le reste de l'équipe municipale.

Pour tout arranger, le petit ami du désormais ex-maire se trouvait être *primo* mineur et *secundo* le fils du procureur.

Aïe !

À la une du *Sierra Daily,* on avait pu voir une photo du maire déchu, entre deux flics et menottes aux poignets.

Ce n'est vraiment pas ce qui s'appelle *laver son linge sale en famille !*

Par-dessus le marché, deux membres du conseil municipal avaient été traînés dans la boue, l'un pour avoir engrossé une strip-teaseuse, l'autre pour une affaire de pots-de-vin. Les deux accusations semblaient mensongères mais ça la fichait mal quand même.

Bref, il y avait un « corbeau » à Blue Eagle et le moral était en berne.

Un petit bruit se fit entendre dans l'un des cabinets, une espèce de… miaulement.

— Excusez-moi, dit Camilla à travers la porte. Ça va ?

La seule réponse fut un soupir. Inquiète, Camilla se rapprocha.

— Je peux faire quelque chose pour vous ?

— Oh, *oui, oui !*

Camilla se pencha et regarda sous la porte du cabinet. Elle vit d'abord une paire d'escarpins peep-toe, façon peau de serpent, de chez Jimmy Choo, les mêmes que ceux devant lesquels elle avait bavé d'envie mais qu'elle n'avait pas achetés – parce qu'il fallait choisir entre les chaussures et la mensualité sur son appartement.

Faisant face aux escarpins, il y avait une paire de chaussures d'homme, des richelieus noirs à bouts fleuris, très chics, et Camilla cessa de respirer. Elle connaissait l'homme qui portait ce genre de chaussures. Edward Kitridge. Un conseiller municipal. Et accessoirement l'homme avec qui elle sortait – en tout bien tout honneur – depuis deux mois.

Tandis qu'elle hésitait entre la honte et la colère, une fermeture Éclair fit *zip !* et l'étui d'un préservatif tomba par terre.

Finalement, elle opta pour la colère.

Et puis, sous ses yeux effarés, les escarpins façon peau de serpent prirent leur envol. Il y eut un choc contre la porte du cabinet et la femme soupira d'aise.

Horrifiée, outrée, mortifiée, Camilla battit en retraite. Même dans les toilettes des dames, il se passait plus de choses que dans sa chambre à coucher.

Et avec Edward ! Edward, un homme qui n'avait pas essayé de l'embrasser une seule fois en six rencards !

C'en était trop ! Camilla attrapa son sac à main et sortit de la pièce. Elle aurait pu se contenter de rentrer chez elle mais son sens du devoir le lui interdisait. Méticuleusement, elle éteignit sa machine à calculer et la lampe au-dessus de sa planche à dessin. Puis, elle jeta un coup d'œil au Post-it collé sur l'écran de son ordinateur.

Camilla,

Il faut que je te parle avant le bal. Retrouve-moi dans la salle de conférences à 8 heures moins le quart.

Edward

Oui, elle voulait bien croire qu'il avait des choses à lui dire. Tout à l'heure encore, elle pensait – elle *espérait* – qu'il passerait la chercher chez elle et qu'ils iraient au bal ensemble.

Ça faisait des semaines qu'il lui disait qu'il ne faut jamais brusquer les choses, qu'entre homme et femme rien ne sert de courir, qu'on doit se hâter avec lenteur, laisser le temps au temps. Ses collègues – Adam, Andrew et Lucy – lui avaient dit d'être patiente avec Edward parce que c'était un type formidable. Un type formidable ! Apparemment, la nana aux pompes de chez Jimmy Choo était du même avis.

Sauf qu'avec elle il avait plutôt eu l'air pressé.

« N'y pense plus », se dit Camilla.

Lorsqu'elle quitta la mairie, il faisait déjà presque nuit. Elle traversa le parking au jugé. Dans le froid, elle se calma quelque peu. Avant le redoutable bal, elle disposait de quelques heures et elle aurait dû en profiter pour aller en centre-ville acheter les cadeaux pour ses parents.

D'ordinaire, elle n'aimait pas remettre au lendemain ce qu'elle pouvait faire le jour même.

Mais, là, après avoir surpris Edward en train de s'en payer une tranche dans les W-C, le cœur n'y était pas. De plus, il neigeait légèrement, juste assez pour saupoudrer toutes les vitres de sa voiture. Elle attrapa le grattoir sous son siège et s'attaqua à la lunette arrière mais le givre était bien accroché. Vite découragée, elle monta dans sa voiture et mit le chauffage à fond. Les vitres se couvrirent de buée, ce qui n'améliora pas la visibilité. Décidément, les choses allaient de mal en pis.

Elle baissa sa vitre et pointa le nez dehors. Mais la neige lui bouchait la vue. Exaspérant ! Elle enclencha la marche arrière, ôta le frein à main et débraya doucement… *Attends ! Y a pas quelque chose qui bouge là-derrière ?*

De nouveau, elle passa la tête au-dehors, mais elle ne vit rien qu'un rideau de flocons. De plus en plus exaspérant ! Par bonheur, elle savait qu'il n'y avait personne d'autre sur le parking, alors, le pied ultraléger sur l'accélérateur, elle commença à reculer. Et alors…

Boum !

Oh, non ! Penaude, elle s'arrêta net, descendit de voiture et se trouva nez à nez avec un homme – si l'on peut s'exprimer ainsi, vu qu'il la dépassait de la tête et des épaules.

— Je suis *affreusement* désolée, dit-elle.

En plus de l'obscurité et de la neige, il y avait le chapeau qui lui cachait les yeux, l'écharpe qui lui cachait le menton et le col de son manteau, relevé, qui cachait le reste de son visage. Difficile de savoir à qui elle avait affaire.

— Vous ne pouvez pas faire attention ! s'exclama-t-il.

— On n'y voit goutte…

— J'ai klaxonné.

— Pas entendu.

— Vous êtes tellement pressée que ça ? C'est à cause du bal ?

Soudain, Camilla se rendit compte qu'elle connaissait cette voix.

Oh non ! *Non, non et non !*

Pas lui ! N'importe qui mais pas *lui* !

Le personnage en question releva son chapeau, dévoilant d'incroyables yeux gris-bleu. Il était vraiment superbe. Camilla n'avait aucune peine à comprendre que les femmes soient sensibles à son charme.

Les femmes en général. Mais pas elle.

Non, *elle,* il la laissait de marbre.

Par malheur, pour couronner le tout, c'était le nouveau maire. Le grand patron. Matt Tarino.

Ils avaient travaillé ensemble au service de l'urbanisme pendant deux ans – deux ans pendant lesquels ils n'avaient cessé de se chamailler.

Il y a six mois, il était entré au conseil municipal. Et maintenant, il était maire.

Matt Tarino était efficace et intègre mais ça ne changeait rien à l'affaire. Camilla ne pouvait pas le voir en peinture. Incompatibilité d'humeur. Sans compter qu'avec un seul sourire il était capable d'aplanir n'importe quelle difficulté, convaincre n'importe quel homme, séduire n'importe quelle femme.

Un type aussi parfait, ça la rendait folle de rage.

Et maintenant, elle venait de lui emboutir son pare-chocs et de lui casser un phare. *Joyeux Noël, Camilla !*

Elle baissa les yeux pour ne plus avoir à contempler la mine furibarde de M. le maire.

C'est alors qu'elle vit ses chaussures. En l'occurrence, des richelieus noirs à bouts fleuris.

Quoi ! Ce n'était pas Edward avec la nana en Jimmy Choo ? Pas Edward mais… *Matt* ?

Et, subitement, elle reprit goût à la vie.

— C'était *vous* ! s'exclama-t-elle. C'était vous dans les toilettes des dames !

Il tiqua. Deux flocons de neige en profitèrent pour se détacher de ses longs cils.

— Quoi ?

Tout compte fait, ça n'avait rien d'étonnant. Les femmes n'en avaient que pour lui.

— Je vous ai entendu avec votre amie dans les cabinets, dit Camilla sur un ton dégoûté. Je suis désolée d'avoir reculé dans votre voiture, mais, en vérité, si j'étais distraite, c'était à cause de ça. La prochaine fois, prenez une chambre d'hôtel, bon sang!

Du côté de Matt, lent hochement de tête.

— Je peux vous assurer que je ne vais jamais dans les toilettes des dames.

Elle n'en crut pas un mot, naturellement.

— D'accord, dit-elle. C'est beau, la discrétion.

Elle poussa un profond soupir et se massa les tempes.

— Je suis désolée pour votre phare, reprit-elle. Je paierai les pots cassés. Nous allons faire un constat amiable. J'ai un formulaire dans ma boîte à gants.

Elle se tourna vers sa voiture, mais il la retint par le bras et la ramena face à lui. Ça lui ressemblait bien, ce geste.

— Vous êtes frigorifiée, dit-il. Ça peut attendre jusqu'à demain.

Quel galant homme! Elle aurait préféré qu'il se comporte comme un mufle, conformément à l'idée qu'elle se faisait de lui.

— Matt? Tu te dépêches?

C'était la voix d'une jolie blonde, qui l'attendait dans sa voiture, et qui commençait à s'impatienter. Camilla sourit d'un air entendu.

— Sa petite auto ne veut pas démarrer, expliqua Matt. Je la raccompagne chez elle.

— Sans faire un détour par les toilettes des dames? dit Camilla.

— Ce n'était pas moi dans…

— Comme vous voudrez, monsieur.

Il lui lâcha le bras.

— Attendez que je sois parti avant de passer la marche arrière, dit-il sur un ton narquois.

Elle remonta en voiture. Il s'écarta juste à temps pour ne pas se faire arracher un morceau de peau lorsqu'elle claqua sa portière.

2

Matt aurait préféré regarder le match des Lakers à la télé avec son frère jumeau, une bière dans une main, une part de pizza dans l'autre.

Au lieu de ça, il devait échanger sa tenue favorite – un vieux jean et un tee-shirt dépenaillé – contre un smoking. Dans moins d'une demi-heure, il allait se retrouver en train de sourire à des niaiseries tout en grignotant des petits-fours d'origine douteuse, au goût indéfinissable et qui vous laissaient sur votre faim.

Chacun épierait ses moindres gestes, même ceux qui le connaissaient depuis toujours.

Peu importe qu'il ait été élu à une large majorité. Peu importe qu'il n'ait toujours fait que des bonnes choses pour la ville de Blue Eagle. Il savait qu'à la seconde où il s'était assis sur le fauteuil du maire il était devenu l'homme à abattre.

Jusqu'à ce qu'il ait découvert ceux qui cherchaient à noircir la réputation de la ville, il y aurait des rumeurs, des soupçons, des questions. D'assez méchante humeur à cause de tout ça, il sortit de chez lui. La neige tombait toujours ; en d'autres termes, il ferait bon skier le week-end prochain. En attendant, il y aurait du verglas. Ça, c'était moins bien.

Il monta dans sa voiture et prit la direction de l'hôtel de ville. Sa chemise amidonnée le grattait et ses chaussures vernies lui broyaient les pieds. Et puis, au bout d'un kilomètre, ce qui restait de son phare cassé, il le perdit sur la route. Ça, c'était le bouquet ! Mais son agacement fut de courte durée. Il se souvint de la tête qu'elle avait faite lorsqu'elle s'était rendu compte que c'était sa voiture à lui qu'elle avait emboutie.

Elle avait eu l'air déconfite.

L'idée le fit sourire parce que, Camilla Bennett déconfite, on ne voyait pas ça tous les jours.

Il savait qu'elle ne le portait pas dans son cœur. Dommage, car elle était sexy. Elle avait de beaux grands yeux intelligents et expressifs. Et puis, l'un de ces corps dont les femmes se plaignent et que les hommes adorent, aux formes épanouies. Elle faisait du yoga, mais ça ne servait pas à grand-chose : elle était incapable de se relaxer.

Au bureau, on disait plaisamment qu'elle était tendue comme un string.

Mais Matt avait le sentiment que, malgré le sérieux de son esprit et la rigidité de ses manières – elle avait un tempérament passionné. Cela se voyait quand elle était plongée dans son travail ou quand elle défendait devant le conseil une idée qui lui tenait à cœur.

Ou quand elle s'opposait à lui, ce qui arrivait souvent. Dans ces moments-là, elle était coriace comme personne. Eux deux, ils étaient comme chien et chat. Elle aimait l'ordre et la discipline ; il affichait un souverain mépris pour l'un comme pour l'autre. Et, cependant, ils avaient formé un excellent attelage pendant deux ans. S'il faisait bon vivre à Blue Eagle, ils y étaient un peu pour quelque chose. Matt pouvait être fier du travail accompli – d'ailleurs, il l'était.

Maintenant, il faisait partie du conseil. Ils ne travaillaient plus ensemble. En fait, elle travaillait *pour lui,* chose qui devait la rendre folle de rage.

À cette idée, il sourit de plus belle.

L'hôtel de ville était une bâtisse vaste et robuste. C'était un ancien entrepôt, rénové maintes fois depuis l'époque lointaine où il servait à stocker de la glace. Sa façade, ornée pour la circonstance de guirlandes électriques multicolores, paraissait moins austère. De part et d'autre de l'entrée se trouvait un sapin de Noël, décoré par les enfants des écoles.

Matt se rangea à sa place réservée. Après avoir mis son masque – un simple loup de velours noir – il descendit de voiture. À l'intérieur de l'hôtel de ville, la décoration était abondante et d'assez mauvais goût. La fanfare de l'université jouait *Jingle Bells* avec beaucoup d'enthousiasme – mais aucun sens du rythme.

Dans la grande salle se pressaient les employés municipaux. Ils étaient sur leur trente et un. Certaines femmes portaient des masques aux formes compliquées, avec des ornements de plumes, d'autres de simples dominos de taffetas ou de satin. Quant aux hommes, ils avaient presque tous l'air de Zorro.

Matt reconnut près du buffet Edward et Adam, ses anciens collègues de travail à l'urbanisme. Impossible de confondre la tignasse rousse d'Edward ni le sempiternel costume croisé d'Adam. Et puis, ils lui firent signe. Alors, il répondit à leur salut. Et puis, il chipa une flûte de champagne sur le plateau d'un serveur qui vint à passer juste à ce moment-là.

— Matt ? murmura derrière lui une voix féminine.

Se retournant, il se retrouva face à face avec une femme qui portait une minirobe lamée d'argent. Un domino laissait voir ses beaux yeux violets. Hannah Pelinski. Il était sorti avec elle pendant quelque temps, jusqu'à ce qu'il se lasse de l'entendre réclamer à tout bout de champ une « petite bague de fiançailles ». Il essaya de continuer comme si de rien n'était mais elle se mit sur son chemin.

— Tiens-moi compagnie, dit-elle sur un ton enjôleur en lui mettant son décolleté sous le nez.

— Je suis navré, Hannah, mais il faut que je…

Que j'échappe à tout prix à une fille jolie et gentille mais passablement collante, pensa-t-il.

— Que j'aille vérifier quelque chose dans mon bureau.

— D'accord, dit-elle. Dès que tu seras redescendu, viens me rejoindre.

Il préféra sourire que mentir et, aussi vite qu'il put, traversa la vaste salle. Ignorant les ascenseurs, il s'engagea dans l'escalier, qui était plongé dans l'obscurité. Depuis le temps qu'il travaillait dans ce bâtiment, il pouvait retrouver son bureau les yeux fermés, alors, il n'alluma pas la lumière.

Au deuxième étage, il tourna à gauche.

Arrivé vers le milieu du couloir, il entendit un petit bruit. Il n'était donc pas le seul à roder dans la pénombre. Il aperçut un éclair de lumière, à dix pas devant lui, dans la salle de conférences, où se trouvaient des armoires pleines d'archives. Matt ne voyait pas ce qui pouvait pousser quelqu'un à fouiller là-dedans à cette heure tardive mais, comme il se passait des choses bizarres ces temps-ci, il eut envie de savoir.

Il jeta un coup d'œil dans la pièce. Elle n'était éclairée que par les lueurs des guirlandes accrochées dehors. Il distingua la silhouette d'une femme assise sur le rebord d'une fenêtre. Immobile, elle avait l'air perdue dans ses pensées. Ses cheveux noirs étaient relevés, quelques mèches folles dansant sur sa nuque. Sa robe laissait nus ses épaules et ses bras.

Elle n'avait pas de masque mais, même si elle en avait eu un, il aurait quand même reconnu Camilla à son profil. D'après son attitude, on aurait dit qu'elle portait le poids du monde sur ses épaules.

La petite fouineuse avait laissé quelques tiroirs entrouverts. Des dossiers dépassaient. Il était curieux de savoir ce qu'elle cherchait… mais il était encore plus curieux de savoir pourquoi elle avait l'air si, comment dire ? *triste*.

Elle ne se tourna pas vers lui lorsqu'il entra. Elle dit seulement :

— Tu es en retard.

Ah bon ? Il regarda sa montre. Huit heures moins cinq. Non, il n'était pas en retard. En retard par rapport à quoi ?

— Oh, Edward, murmura-t-elle. Moi aussi, j'ai besoin de te parler.

Edward. *Edward ?*

Toujours sans le regarder, elle se leva.

— Il y a quelque chose que je ne comprends pas, dit-elle.

Son visage était sévère. Ou alors malheureux. Et soudain, il eut envie de la consoler. De la seule façon qu'il connaissait : en la serrant dans ses bras.

— Tu m'aimes bien, n'est-ce pas ? demanda-t-elle.

— Oui, répondit-il.

« Et plus que je n'aurais cru », ajouta-t-il en pensée.

— Alors, pourquoi est-ce que tu ne m'embrasses jamais ?

Matt tiqua. Il s'était attendu à tout sauf à ça. Il savait qu'elle parlait à Edward, pas à lui, mais ça ne l'empêcha pas de se rapprocher, si près qu'il n'aurait plus eu qu'à se baisser un peu pour l'embrasser dans le cou.

Elle sentait bon. Quelque chose de floral, délicieusement féminin et sexy.

Surtout sexy.

Sa peau brillait dans la pénombre. Elle avait tendance à s'habiller classiquement et la coupe de sa robe était décente, à n'en pas douter, mais elle la moulait, suggérant de fort jolies courbes.

— Edward ?

« Encore lui ! pensa Matt. Ça commence à bien faire ! »

N'y tenant plus, il la prit dans ses bras. Elle laissa échapper un petit cri de surprise. Avant qu'elle ait eu le temps de comprendre que ça ne pouvait pas être Edward – Edward n'était pas si grand – il fit ce qu'elle avait demandé.

Il l'embrassa.

3

Camilla s'abandonna sans réticence. On n'y voyait rien mais ce n'était pas grave. La bouche d'Edward était ferme, tiède et délicieuse. Et puis, leurs langues se touchèrent et un éclair de désir la traversa des pieds à la tête, enflammant au passage tous les bons endroits.

Oh, il embrassait bien. À la bonne heure ! Elle se l'était demandé parce qu'il ne l'avait encore jamais prise dans ses bras, plaquée contre lui, dévorée comme si elle était ce qu'il y avait de meilleur au monde après l'ambroisie et le nectar vermeil.

Il était plein d'ardeur et elle adorait ça. Bon Dieu ! Elle n'avait pas été embrassée comme ça depuis… depuis… elle ne s'en souvenait plus.

Peu importe. Elle était embrassée en ce moment même et c'était extraordinaire. Elle se sentait fondre. Quant à savoir si Edward était bien l'homme qu'il lui fallait, elle n'avait plus le moindre doute.

Il la serrait fort. Leurs deux corps étaient soudés. Tout était ferme en lui, poitrine, ventre, cuisses… et ce qu'il y avait entre. Il lui caressait le dos, de haut en bas et de bas en haut, un peu plus loin chaque fois, jusqu'aux épaules dénudées par la robe ou jusqu'aux fesses. Comme elle portait un string, la fine étoffe de la robe était tout ce qui enveloppait ses formes. C'était une extravagance, ce string, mais, ce soir, elle avait eu envie de se lâcher. Quand elle s'était regardée dans la glace, elle s'était trouvée élégante et sexy – à l'opposé de sa vraie nature.

Elle ne regrettait pas son audace, même si les mains d'Edward, à travers un aussi fragile rempart, lui semblaient dangereusement proches de sa chair.

Si elle avait réfléchi, elle aurait peut-être eu du mal à concilier ce baiser ravageur avec le gentil Edward, celui qui s'effaçait toujours devant les autres et qui aimait mieux se laisser piétiner que de risquer une querelle.

Mais elle ne réfléchissait pas. Comment aurait-elle fait ? En vérité, elle était tellement grisée qu'elle devait s'accrocher à lui pour ne pas tomber.

— Tu embrasses bien, murmura-t-elle.

Curieusement, il se figea, l'espace d'une seconde, et puis, il s'écarta pour la regarder. Son masque dissimulait son visage mais pas sa silhouette.

Et soudain, elle comprit.

Ça ne pouvait pas être Edward. Edward n'était pas si grand ni si carré.

Ensuite, elle vit ses yeux.

Pas noisette mais… gris-bleu.

Oh, mon Dieu !

Pas Edward. Pas Edward mais… D'un geste sec, elle lui arracha son masque.

— *Vous !*

— Moi, acquiesça Matt sur un ton qui n'exprimait ni remords ni regrets.

Horrifiée, elle recula de quelques pas. Il s'avança d'autant.

— Non ! balbutia-t-elle, toujours sous le charme de leur étreinte.

Elle essaya de le repousser mais il lui prit la main et la serra tendrement entre les siennes. Elle se retrouva coincée entre la fenêtre et Matt. La fenêtre était glacée et lui, brûlant.

Il la prit par le menton et la força à le regarder.

— Écoutez, ça m'a pris au dépourvu, dit-il tout bas.

— Qu'est-ce que ça veut dire ? Vous saviez très bien qui vous étiez en train d'embrasser.

— Oui, mais je ne m'attendais pas à ce que ça me coupe les pattes.

— Ça vous a coupé les pattes ? répéta-t-elle dans un souffle. Vous espérez me faire croire ça ? Vous qui avez embrassé tout ce qu'il est possible d'embrasser à cent kilomètres à la ronde !

En vérité, elle n'avait pas été tout à fait dupe. À la seconde où leurs lèvres s'étaient rencontrées, elle avait senti que quelque chose clochait – Edward ne l'aurait jamais embrassée avec autant d'assurance – mais son corps n'avait rien voulu savoir, emporté par un irrésistible élan de désir.

L'affreuse vérité, c'était que Matt s'était joué d'elle. La douleur était cuisante. Toute sa vie, elle avait été le vilain petit canard. Enfant, elle était la boulotte, la pataude, la moche dans une famille où tout le monde était beau, bien fait et gracieux. Et même si, au fil du temps, la gym et les régimes avaient quelque peu arrangé les choses, au fond de son cœur, elle était toujours la petite grosse dont les garçons se moquaient.

Il y a des humiliations qui ne se laissent pas oublier.

Camilla entendit des pas dans le couloir et se tourna vers la porte juste à temps pour voir entrer un homme. En costume noir. Un masque à la main.

Edward.

Et, aussitôt, Camilla se demanda comment elle avait pu les confondre. Edward n'était pas aussi grand et bien bâti que Matt. Edward, on pouvait le regarder dans les yeux sans attraper un torticolis et ses épaules étroites évoquaient plutôt un intello qu'un champion de lutte gréco-romaine.

Et ce n'était pas la seule différence avec Matt.

Il y avait aussi le fait que jamais le brave et galant Edward n'aurait embrassé une femme à la faveur d'un malentendu.

— Excuse-moi, dit-il. Je suis en retard.

Il s'avança dans la pièce et regarda Matt d'un œil soupçonneux.

— B'soir Tarino.

— B'soir Kitridge.

Matt se retourna vers Camilla.

— Je vous souhaite une bonne soirée, lui dit-il.

Et, sans attendre de réponse, il fila.

Lorsqu'ils furent seuls, Edward sourit mais, fidèle à lui-même, ne posa pas de question. Elle lui en voulut. Sa robe était froissée, ses cheveux en désordre, son rouge à lèvres avait disparu – et Edward n'y voyait rien à redire.

Elle attrapa son masque sur le rebord de la fenêtre et s'apprêta à partir lorsqu'elle remarqua que le costume d'Edward aussi était froissé et que ses chaussures…

Oh, mon Dieu !

Ses chaussures étaient des richelieus noirs à bouts fleuris, semblables à ceux que Matt avait portés tantôt et non moins semblables à ceux qu'elle avait vus malgré elle dans les cabinets. Relevant les yeux, elle eut la surprise de constater qu'Edward rougissait. Il était décoiffé. Et puis, il n'osait pas la regarder en face.

— Tu es en retard, dit-elle. Alors que tu n'es jamais en retard. Tu es chiffonné, alors que tu es toujours tiré à quatre épingles. Tu as les cheveux en désordre. Tu te troubles…

Elle attendit qu'il relève la tête avant de porter l'estocade.

— C'était *toi,* dans les cabinets, n'est-ce pas ? Tu l'as fait avec quelqu'un d'autre !

Edward enfouit ses mains dans ses poches.

— À proprement parler, ce n'était pas *quelqu'un d'autre,* se défendit-il en se trémoussant, puisque toi et moi, nous ne l'avons jamais fait.

— Mais... commença Camilla.

Elle préféra s'interrompre. Non, elle n'allait pas demander : « Pourquoi celle-ci et pas moi ? Pourquoi jamais moi ? »

— Je suis désolé, je ne voulais pas te faire de peine, dit-il.

Il avait l'air sincère. Et Camilla ne savait pas quoi dire. Ça n'aurait jamais dû se passer comme ça. C'était le monde à l'envers. Après tout, c'était lui, le pauvre gars. C'était elle, le morceau de roi !

— Camilla ! s'exclama-t-il avec un rictus. Je ne sais pas quoi dire. En vérité, tu... tu...

— Je *quoi* ?

Il haussa les épaules.

— Tu me fais peur.

— *Quoi ?*

— Oui. Alors que Belinda...

— Belinda ? Belinda Roberts ?

Une stagiaire au secrétariat. Qui était encore étudiante, genre pom-pom girl avec taches de rousseur, dents en avant, belles cuisses – et qui ricanait bêtement quand un homme lui adressait la parole.

— Elle est mignonne et gentille, expliqua Edward.

Parce que, moi, naturellement, je ne suis ni mignonne ni gentille ! pensa Camilla.

— Elle me fait des cookies, ajouta-t-il. À la farine d'avoine, à cause de mon cholestérol.

Camilla aussi aurait pu lui en faire. À la farine d'avoine. Si elle avait été au courant de ses problèmes de cholestérol... Et si elle avait su se servir de son four à chaleur tournante.

— Elle ne me contredit jamais, reprit Edward. En face d'elle, je n'ai pas l'impression d'être le dernier des imbéciles.

— Moi non plus, je ne...

Camilla s'interrompit. Pas la peine de mentir. Les idées d'Edward étaient en général stupides. Et elle n'avait jamais eu beaucoup d'indulgence pour la stupidité.

— Je suis vraiment désolé, redit-il. Je regrette que tu aies appris la vérité de cette façon. Ce que je voulais, c'était qu'on se voie et qu'on parle raisonnablement, entre adultes.

— Entre adultes, répéta sarcastiquement Camilla. S'envoyer une stagiaire dans les toilettes des dames, c'est ça que tu appelles *adulte*.

— Je te le répète une fois de plus : je suis désolé. J'avais l'intention de te le dire ce soir et puis, quand je suis arrivé, tu étais avec Matt.

Profitant de l'occasion pour changer de sujet, Edward ajouta :

— Au fait, qu'est-ce qu'il voulait ?

— Euh... rien, balbutia Camilla.

Si l'on peut appeler *rien* le baiser le plus ardent, le plus sublime, le plus fou qu'elle ait jamais connu.

Edward regarda langoureusement vers la porte.

— J'espère que ça ne changera rien entre nous, dit-il.

Elle se contenta d'en rire. Edward piqua un fard.

— Tu es très en beauté ce soir. Ta robe...

Elle lui coupa la parole.

— *Tss !* Je ne te retiens pas.

Edward disparut sans demander son reste. *Ah, les hommes !* soupira Camilla.

Il y a ça de bien avec les bals masqués, c'est qu'on n'est pas obligés d'y faire bonne figure. Retranchée derrière son loup, Camilla essaya de se changer les idées en dansant. Elle accorda une valse à Adam et un paso-doble à Russ, du service des permis de construire, qui lui écrasa copieusement les pieds. Elle pirouetta encore avec trois ou quatre autres, pour ne pas paraître bégueule.

Et puis, elle quitta discrètement les festivités. Sur le chemin du retour, elle repensa à toutes les avanies qu'elle avait reçues ce soir. Rentrée chez elle, elle se jura qu'on ne l'y prendrait plus. Et puis, elle se plongea dans les dossiers qu'elle avait rapportés à la maison parce que, le travail, c'était tout ce qui lui restait.

Le lendemain, elle arriva au bureau de bonne heure et, pour être tranquille, elle accrocha à sa porte un écriteau qui disait : DÉFENSE D'ENTRER SOUS PEINE DE MORT.

Apparemment, le nouveau maire ne savait pas lire car, une demi-heure plus tard, il passa la tête à l'intérieur, arborant l'un de ces sourires malicieux qui l'avaient toujours exaspérée et qui, aujourd'hui, inexplicablement, la bouleversaient.

— Hé ? dit-il. Je vous dérange ?

En le voyant, elle ne put s'empêcher de se rappeler hier soir. Il l'avait embrassée. Il l'avait serrée dans ses bras. Il l'avait plaquée contre son sexe en érection…

— Si je dis oui, me ferez-vous le plaisir de vous en aller… très, très loin ?

À ces mots, le visage de Matt s'épanouit.

Mon Dieu, qu'il était beau ! Et sexy ! Et affolant ! Camilla sentit ses bouts de seins frémir, et il se passa aussi des choses entre ses cuisses.

— Vous n'avez pas lu le panneau ?

— Si.

Il sourit. Pas elle. La mine sombre, elle se leva, fit le tour de son bureau et alla ouvrir la porte.

— Ah ! fit-il. Vous vous êtes levée du pied gauche.

— Et vous, vous êtes devenu amnésique depuis hier soir ?

— Vous m'en voulez toujours, à ce que je vois.

Il hocha la tête, comme si la chose était, ma foi, compréhensible.

— Vous allez bouder longtemps ? reprit-il.

Camilla en eut le souffle coupé.

— Je ne boude pas ! se récria-t-elle. Je ne boude *jamais*.

— Alors, comment appelez-vous ça ? demanda-t-il en lui passant le doigt sur la lèvre inférieure, qui était effectivement tournée vers l'extérieur.

Camilla tressaillit. Ce simple frôlement lui avait fait l'effet d'une décharge électrique.

Ensuite, elle dévisagea Matt, prête à l'étrangler s'il prenait l'air satisfait.

Il ne prit pas du tout cet air-là. Au contraire, il parut aussi bouleversé qu'elle.

— Allez-vous-en, murmura-t-elle. S'il vous plaît ?

Il la regarda pendant un long moment sans rien dire.

— Soit, concéda-t-il finalement. Mais, avant, parlons de ce qui s'est passé hier soir.

— Non. Pas question.

— J'ai eu du mal à dormir cette nuit, dit-il, toute plaisanterie mise à part. Vous aussi, peut-être ?

— Pas du tout. J'ai dormi comme un bébé.

— Comme un bébé, répéta-t-il.

— Parfaitement.

Il n'en croyait pas un mot.

— Dans ce cas, pourquoi êtes-vous tellement pressée de me voir partir ?

— Parce que je ne vous aime pas.

— Menteuse, dit-il avec un sourire amusé.

— Oh, fichez-moi le camp !

Comme il ne daignait pas obéir, elle le poussa dehors et lui referma la porte au nez. Quelques secondes plus tard, elle l'entendit s'éloigner dans le couloir. Il riait de bon cœur.

Le lendemain, encore une fois, il y en avait de belles dans le journal. Il paraissait que l'un des responsables de la voirie avait été condamné pour escroquerie en Floride, particularité jusqu'ici ignorée des habitants de Blue Eagle. « Faut-il s'attendre à ce que cet aigrefin récidive chez nous ? » concluait le journaliste.

Le fonctionnaire démissionna sur l'heure, laissant ses collègues dans la consternation.

Matt se dépêcha de convoquer tout le personnel de mairie. Calme et tranquille, il expliqua ce qu'il allait faire : *primo,* donner une conférence de presse ; *secundo,* tâcher de savoir ce qui se tramait dans cette fichue mairie. Ensuite, il bavarda avec les uns et les autres, l'air désinvolte, comme si tout était pour le mieux dans le meilleur des mondes possibles.

Camilla fut forcée d'admirer la manière dont il réussit à tranquilliser tout le monde. Tout le monde *sauf elle.* Chaque fois qu'elle le regardait, elle était aussi troublée que lorsqu'il l'avait prise dans ses bras. Mais elle fit bonne contenance, malgré tout.

Après la réunion, elle alla se préparer du café dans la salle de repos. En attendant qu'il passe, elle rangea tout ce qui traînait, filtres, cuillers en plastique, lava les tasses, remplit le sucrier, le pichet d'eau. Ça lui occupait les mains. Et puis, ça la calmait. Mettre de l'ordre, ça la calmait toujours.

C'était le baiser qui lui mettait les nerfs en pelote, elle le savait fort bien. Elle s'en voulait parce qu'il y avait d'autres sujets d'inquiétude, plus valables que celui-là : le nouveau scandale ; le fait qu'il n'y avait plus que deux jours avant Noël et qu'elle n'avait toujours pas acheté les cadeaux pour ses parents ;

le fait qu'elle n'avait pas de petit ami pour qui choisir amoureusement une cravate ou une eau de toilette…

Elle se versa une tasse de café et la but en songeant que le monde était vraiment mal fait. Matt l'avait embrassée, oui, mais pour se moquer d'elle… Cela dit, ce n'était qu'un baiser, que diable ! Elle n'allait pas en faire un plat. D'ailleurs, elle ne s'en souvenait presque plus…

— Vous voulez que je vous rafraîchisse la mémoire ?

Avec un hoquet de stupeur, elle se retourna. Matt était là, qui la regardait d'un air à la fois tendre et amusé.

— Hé ! Vous parliez toute seule, expliqua-t-il.

Honteuse, Camilla voulut porter les mains à ses joues mais il l'en empêcha.

— Non, dit-il de sa voix rauque, irrésistiblement charmeuse.

Camilla était certaine qu'avec cette voix-là il aurait été capable de débaucher une vestale. Elle essaya de s'en aller.

— Attendez ! dit-il en la retenant. J'ai quelque chose à vous proposer.

— Quoi ?

— Voyons si, oui ou non, il y avait de quoi en faire un plat.

— Non, non, pas la peine.

— Si, si, dit-il.

Il la prit par les hanches et la serra contre lui.

4

C'était peut-être puéril mais Matt adorait ça, quand Miss Camilla Bennett perdait son sang-froid. Et quand elle pointait le nez en l'air, si haut qu'elle risquait de tomber à la renverse.

— Ne soyez pas ridicule ! dit-elle d'une voix un peu trop aiguë. Je ne vais pas me laisser embrasser pour vous prouver que ça ne me fait ni chaud ni froid.

Elle partit d'un petit rire qui sonnait faux.

— Allons ! ajouta-t-elle. Nous ne sommes pas des mômes. Nous sommes des grandes personnes. Nous avons des responsabilités. Nous avons…

— Envie l'un de l'autre.

Elle le fusilla du regard mais, lui, il se contenta de rigoler.

— Vous savez que j'ai raison, dit-il sur un ton raisonnable. Allez, avouez-le. Vous avez encore envie de m'embrasser. Vous y repensez. Mieux, vous en parlez toute seule…

— Je ne vais pas m'abaisser à vous répondre.

Se penchant jusqu'à ce que les bouts de leurs nez se frôlent, il sourit.

— Chiche !

— Ah, je vous en prie ! répondit Camilla avec un reniflement dédaigneux. Vous ne me croyez pas assez bête pour foncer tête baissée chaque fois qu'un petit malin me dit *Chiche!*

— Alors, je gagne par forfait, conclut Matt.

Au même moment, la porte s'ouvrit. Adam entra, les vit, ventre contre ventre, les mains de Matt sur les hanches de Camilla. Il leva le sourcil.

— Je ne savais pas que vous étiez ensemble, dit Adam.

Matt n'apprécia pas et Camilla non plus.

— C'est sans doute pour ça que tu as approuvé le nouveau plan d'occupation des sols de Camilla, poursuivit Adam qui ne s'était aperçu de rien. Quel dommage que j'aie du poil aux pattes, sinon j'aurais moins de mal à faire passer mes projets.

Camilla s'approcha tranquillement d'Adam et le toisa, alors que Matt, furieux, réfléchissait encore à la conduite à tenir.

— Fais attention, Adam, dit Camilla d'une voix redoutablement tranquille. Tu dépasses les bornes.

Adam haussa les épaules et alla s'asseoir à la table.

— Je dis les choses telles qu'elles sont, c'est tout. Si je veux de l'avancement, je sais ce qui me reste à faire: coucher avec Matt.

Nul ne sait comment Matt aurait réagi à cela car Camilla fut, encore une fois, la plus rapide. Elle prit le pichet d'eau qu'elle venait de remplir et en versa le contenu sur le bas-ventre d'Adam.

Adam se leva d'un bond en poussant un cri et se mit à danser la danse du type qui a des glaçons plein le slip.

Camilla se retourna vers Matt et lui lança un regard qui voulait dire: « Voilà ce qui arrive lorsqu'on me pousse à bout! Tiens-le-toi pour dit! » Et puis, elle quitta la pièce.

Matt s'adossa au comptoir, croisa les bras et regarda Adam, qui jappait, jurait et sautillait comme un énergumène.

— Cette pétasse ! s'exclama Adam en se rasseyant. J'ai les valseuses toutes mouillées.

Matt esquissa un sourire mauvais.

— Adam ?

— Ouais ?

— La prochaine fois que tu fais un truc comme ça, insulter Camilla ou laisser entendre que j'en croque, je ne te les mouille pas, je te les arrache.

Ensuite, Matt s'attaqua aux innombrables dossiers qui encombraient son bureau. Il y passa la journée et, lorsqu'il releva les yeux, il se rendit compte que la nuit était tombée et qu'il n'y avait plus un bruit dans le bâtiment.

Il était presque 8 heures.

Trop tard pour aller faire un peu de ski. Cela faisait partie des inconvénients de son nouveau métier. Il n'aurait plus une seconde à lui jusqu'à la fin de son mandat.

Dans le silence, un drôle de craquement se fit entendre.

Matt quitta son bureau et s'avança dans le couloir, cherchant l'origine du bruit. Le bureau de la réceptionniste était en forme d'arc de cercle, avec des armoires métalliques alignées derrière. L'ordinateur était éteint, ainsi que les guirlandes sur le petit sapin en plastique. Tout avait l'air normal… à part le fauteuil qui bougeait, ses roulettes couinant au contact du linoléum.

Le problème, c'était qu'il n'y avait personne sur le fauteuil.

Matt contourna le bureau et s'immobilisa.

— Je peux tout expliquer, dit Camilla, à quatre pattes sous le bureau.

Matt s'assit sur le rebord du bureau et croisa les bras.

— Vraiment ?

— Oui, oui.

Camilla se mordilla la lèvre inférieure, l'air embarrassé. Nul doute qu'elle était en train de réfléchir à une excuse.

Elle portait une jupe de tweed à carreaux noirs et blancs et un bustier blanc en linon. La jupe était retroussée sur ses cuisses et le bustier moulait ses jolies courbes.

Matt aurait eu envie d'en voir un peu plus.

— Si je vous dis que j'ai perdu une boucle d'oreille, le croirez-vous ? demanda-t-elle en se mettant à genoux.

— Vous ne perdez jamais rien.

— Eh bien, dans ce cas, euh, j'ai oublié de venir chercher mes messages cet après-midi.

— Vous n'oubliez jamais rien non plus.

— Soit. Disons que j'étais venue laisser un message à quelqu'un.

— Essayons autre chose, proposa Matt, toujours assis sur une fesse sur le bord du bureau. Par exemple, la vérité.

Camilla poussa un soupir résigné.

— J'espionne.

— Vous cherchez quoi ?

— La même chose que vous. Je suis curieuse de savoir qui est derrière tout ça et pourquoi il cherche à nuire à la renommée de notre ville ?

Matt s'accroupit devant elle.

— Comment puis-je être sûr que ce n'est pas vous, le corbeau ? demanda-t-il.

Elle le regarda dans les yeux.

— De la même façon que je suis sûre que ce n'est pas vous.

Matt ne cacha pas sa surprise.

— J'aurais plutôt pensé que j'étais votre suspect numéro un.

— Je vous connais mieux que ça, dit Camilla.

— Vraiment ? Et que savez-vous de moi ?

— Que vous êtes invivable, répondit-elle avec un soupir. Mais, comme vous êtes doué, on vous pardonne. Attention, vous êtes tellement prétentieux que vous êtes capable de prendre ça pour un compliment. Ce n'en est pas un, précisa-t-elle en pointant vers lui un index menaçant.

Elle soupira de nouveau avant d'enchaîner :

— Je pense que vous avez un code d'honneur. Vous ne trichez pas. C'est sans doute pour ça que vous n'êtes pas marié : parce que vous n'avez pas envie de renoncer à votre liberté et que ça vous dégoûterait de tromper votre femme. Au total, conclut-elle avec un haussement d'épaules, vous êtes quelqu'un à qui on peut faire confiance.

— Vous êtes trop bonne, répondit-il avec une pointe de sarcasme dans la voix.

Elle lui adressa un sourire en demi-teinte et commença à le contourner en marchant à quatre pattes. Il la saisit par une cheville.

— Pour votre gouverne, dit-il lorsqu'elle se retourna vers lui, la seule raison pour laquelle je ne suis pas marié, c'est parce que je n'ai pas encore rencontré la femme idéale.

Sans daigner répondre, elle se libéra, se releva. Matt prit le temps de l'admirer. Elle avait de jolies fesses musclées, des mollets ronds.

Lorsqu'elle partit à grands pas dans le couloir, il la suivit. Arrivée devant le bureau du vaguemestre, elle y entra.

— Pour être aussi bien renseigné, ça ne m'étonnerait pas que le corbeau lise le courrier, expliqua-t-elle.

— Vous ne soupçonnez pas le vaguemestre, au moins ?

C'était un vieux bonhomme incapable de malice.

— Non. La stagiaire.

— Belinda ?

Camilla confirma d'un hochement de tête. Mais Matt était sceptique.

— Elle est jeune, concéda-t-il. Mais tellement délicieuse. Je ne crois pas que…

— Si elle est aussi délicieuse que ça, pourquoi ce n'est pas *vous* qui sortez avec elle ? Pourquoi ce n'est pas *vous* qui vous enfermez avec elle dans les toilettes des dames ?

Il la regarda curieusement.

— Vous n'arrêtez pas de parler des toilettes des dames.

Camilla poussa un soupir et se massa les tempes, comme si elle sentait venir une migraine.

— Vous savez pourquoi ? Oh, et puis, peu importe…

— Non, j'ai envie de savoir.

Quelqu'un avait oublié d'éteindre la radio et une musique douce se répandait dans la pièce. Camilla s'approcha du bureau. Matt admira sa démarche, chaloupée, autoritaire et colérique, et son derrière ferme et tentant.

— Figurez-vous que je l'ai surprise en train de bien s'amuser dans les toilettes des dames, dit Camilla en allumant l'ordinateur de Belinda.

— Par « bien s'amuser », vous voulez dire : « faire l'amour » ?

— Oui. Je n'aurais jamais cru qu'il aurait été capable de…

S'interrompant au milieu de sa phrase, elle se mit à pianoter sur le clavier. Quelque chose incita Matt à la forcer à se relever et à se tourner vers lui.

— Je n'ai pas envie de parler de ça, dit-elle, les yeux au plafond.

Il la prit par le menton et attendit qu'elle le regarde en face.

— Vous parlez d'Edward ? dit-il à mi-voix. Quel pauvre type !

— Là, je suis d'accord avec vous, répondit-elle sur un ton hautain et méprisant.

Mais Matt ne fut pas dupe. Il se souvenait du bal masqué. Elle l'avait pris pour Edward. Elle lui avait demandé de l'embrasser.

Et, à présent, son amour-propre en avait pris un coup.

— Vous êtes beaucoup trop bien pour lui, Camilla.

— Ah bon ? Dans ce cas-là, expliquez-moi pourquoi personne ne veut sortir avec moi ? Pourquoi il faut que ce soit moi qui supplie pour qu'on m'embrasse ? Mais, bon, peu importe… Oh, *pfft !* ajouta-t-elle lorsqu'il la plaqua contre lui.

Elle le repoussa des deux mains.

— Je ne veux pas de votre pitié ! s'écria-t-elle entre deux hoquets horrifiés.

— Qui parle de pitié ?

Il lui mit une main au creux des reins et l'autre sur la nuque et, en la regardant droit dans les yeux, il se pencha vers elle.

— J'ai envie de vous embrasser, murmura-t-il.

— Matt…

— Chut !

Lorsque leurs bouches se rencontrèrent, Matt en ressentit l'écho dans tout son corps. Avec un murmure de ravissement, Camilla se serra contre lui et, timidement, entrouvrit les lèvres et avança la langue. Matt, perdant son sang-froid, se mit à l'embrasser avec voracité et il l'aurait dévorée si elle n'avait demandé grâce, en le repoussant doucement.

Il la regarda en battant des paupières comme s'il se réveillait en sursaut.

— Je ne pense pas que… balbutia-t-elle

— Tout juste, dit-il en l'interrompant. Ne pensez pas.

Et il l'embrassa de nouveau. Quel bonheur pour lui quand elle s'agrippa à sa chemise ! Il la coinça contre le bureau et lui glissa son genou entre les cuisses. D'une main, il lui caressait les fesses et, de l'autre, il jouait avec une bretelle de son bustier. Cela dura jusqu'à ce qu'ils soient obligés d'arrêter pour reprendre haleine.

— Bon Dieu ! s'exclama Matt. Vous êtes à votre place, là.

— Dans le bureau du vaguemestre ?

— Dans mes bras.

— Trêve de fadaises, Matt. Je ne suis pas le genre de femme pour qui les hommes perdent la tête.

— C'est que vous n'avez pas fréquenté les hommes qu'il faut.

— Ça se pourrait.

Elle était toute rouge. Ses lèvres étaient gonflées. Ses yeux brillaient. Elle était si bouleversante que Matt en eut le souffle coupé.

— Et si c'était moi, l'homme qu'il vous faut ? dit-il posément.

Elle commença par rire et puis se troubla en constatant qu'il ne partageait pas son amusement.

— Vous plaisantez ?

— Non.

Ce n'était pas seulement un jeu, pas seulement un baiser. Il ne s'agissait pas seulement de désir, même si elle lui en inspirait beaucoup.

C'était sérieux.

Mais elle hocha la tête. Elle ne le croyait pas et il ne pouvait pas lui en vouloir. Il passait pour un séducteur impénitent.

— Voulez-vous de moi ? demanda-t-il tout de go.

Ça pouvait sembler inconsidéré mais ce n'était pas le cas. Ce qui se passait là était en germe depuis longtemps.

— Quoi ? s'écria-t-elle, comme si elle n'était pas sûre d'avoir bien entendu. Que voulez-vous dire ?

— J'ai envie de sortir avec vous. Exclusivement.

Elle parut stupéfaite.

— Jusqu'ici, je n'ai pas eu l'impression que vous connaissiez le sens du mot *exclusif*.

— Je le comprends très bien, au contraire.

Il l'embrassa derrière l'oreille et eut la joie de la sentir frissonner.

— Prenez garde, reprit-il. Je pourrais finir par vous en convaincre.

— N'y comptez pas trop.

Le repoussant pour de bon, elle s'installa devant l'ordinateur. Et puis, après un court instant, elle se retourna vers lui, l'air indécis.

— Ce que je m'apprête à faire maintenant pourrait s'appeler violation de la vie privée. Il vaudrait peut-être mieux que vous rentriez chez vous, étant entendu que vous ne m'avez jamais vue ici ce soir.

— Vous allez regarder dans les e-mails ? Et, plus particulièrement dans les e-mails envoyés au *Sierra Daily* ?

— Oui.

— Vous pensez vraiment que le corbeau est assez bête pour ne pas avoir effacé ses traces ?

— Je prends le pari.

Matt sourit.

— Les e-mails des employés municipaux sont accessibles au public, rappela-t-il. Donc, en droit, il n'y a pas de violation de la vie privée, pour la bonne raison qu'il n'y a pas de vie privée. Allez-y, ne vous gênez pas.

Elle s'étonna.

— Ça risque d'être long.

— Je ne l'ignore pas.

— Vous n'avez rien de mieux à faire ? Même pas un petit rendez-vous galant ?

— Laissez-moi vous rappeler deux choses, chère, chère Camilla. Premièrement, tous les hommes ne sont pas des salauds. Deuxièmement, je viens de vous dire que c'est avec vous que je veux sortir, *vous*, et personne d'autre.

Elle l'avait écouté sans le quitter des yeux, sidérée et défiante, comme s'il était le premier à lui faire ce genre de promesse.

Hé ! c'était également la première fois qu'il faisait ce genre de promesse à une femme. Si quelqu'un devait avoir peur, c'était lui. D'ailleurs, c'était un peu le cas : il éprouvait un peu de peur… mêlée à beaucoup d'espoir.

— Allez-y, redit-il.

Après un moment de réflexion, elle lui fit de la place à côté d'elle.

5

À 2 heures du matin, ils avaient vérifié la moitié des ordinateurs et fait des découvertes intéressantes. Il n'y avait pas qu'un employé qui envoyait des informations au journal local mais plusieurs, qui ne travaillaient pas dans le même service et n'avaient pas de lien entre eux.

À croire qu'ils avaient tous perdu l'esprit !

Camilla avait la certitude que quelque chose leur échappait et c'est pourquoi elle ne voulait pas laisser tomber.

Curieusement, Matt non plus. Il avait été le premier bénéficiaire de ce qui s'était passé. Il était devenu maire grâce à cela. Il aurait eu intérêt à ne pas chercher plus loin.

Pourtant, il insistait.

Elle avait un allié.

Ils s'étaient déjà retrouvés dans le même camp. D'autres fois, ils s'étaient affrontés. Elle savait que c'était un rude adversaire.

Mais il était d'une loyauté à toute épreuve.

Le mélange des deux – inflexibilité et fair-play – la fascinait, alors qu'elle n'avait pas envie d'être fascinée.

Et maintenant, il avait dit qu'il voulait sortir avec elle. Vous imaginez ça ? Elle et Matt. Le problème, c'est qu'elle n'arrivait pas à l'imaginer non plus.

Matt proposa d'attendre d'avoir vu tous les ordinateurs avant de faire état de leurs découvertes – ce qui risquait de prendre encore une nuit, peut-être deux. Ils allèrent dans la salle de repos se chercher quelque chose à manger. Matt trouva dans un placard un paquet de cookies.

— Sans doute rassis. Mais du chocolat, c'est du chocolat.

Camilla regarda les cookies, tiraillée entre la gourmandise et le désir de garder la ligne.

— On partage ? proposa Matt.

Il avait déjà commencé à ouvrir le paquet. Une bonne odeur de chocolat se répandit dans la pièce. Camilla eut l'eau à la bouche.

— Non merci, dit-elle stoïquement.

— Vous êtes sûre ?

Il mordit dans un cookie et s'en délecta ouvertement.

— Rien de tel qu'une bonne dose de glucose à 2 heures du matin.

Il la surprit à le regarder avec envie et lui sourit :

— Vous avez changé d'avis ?

Pour tout dire, elle se le demandait aussi. Matt était prétentieux, susceptible, arrogant – mais elle ne pouvait pas s'empêcher d'être tentée par lui. Comme elle était tentée par les cookies.

— Camilla ?

— Non, je n'ai pas changé d'avis. Ni sur les cookies ni sur rien d'autre.

Sans avoir l'air de se formaliser, il avala un autre cookie et s'essuya la bouche avec le dos de la main. Il avait sans doute déjà oublié qu'il lui avait proposé de sortir avec elle. *Exclusivement.* Les hommes sont prêts à dire n'importe quoi pour coucher avec une fille.

Du moins, elle n'était pas tombée dans son piège.

— Vous ne savez pas ce qui est bon, alors, dit-il.

— La chose dont vous parlez n'est pas bonne pour moi.

— Je ne parlais pas des cookies.

— Moi non plus.

Matt rit doucement.

— Vous êtes boulot, boulot.

— Il n'y a que comme ça que j'ai l'impression de servir à quelque chose.

— Vous ne vous laissez jamais aller ? demanda Matt, l'air sincèrement intéressé.

— J'aime avoir un plan et m'y tenir.

— Comme si je ne le savais pas ! dit-il avec conviction car il se souvenait de toutes les fois où elle avait cherché à lui imposer l'un de ses fameux *plans*.

— Si je vous exaspère, que faites-vous ici ? demanda-t-elle.

Il se rapprocha.

— Vous ne m'exaspérez pas, vous me rendez fou.

— Alors, pourquoi…

Il la fit taire en lui posant son index sur les lèvres. Camilla n'aurait jamais cru que son cœur battrait la chamade pour si peu.

— Vous me faites ressentir des choses que je n'ai pas ressenties depuis longtemps, dit Matt. Je vous aime beaucoup, Camilla. Vraiment beaucoup.

Il lui prit la tête entre ses deux mains et ajouta :

— Maintenant, accrochez-vous parce que la suite ne fait pas partie du plan.

— Matt…

Il l'embrassa. Camilla fut immédiatement enivrée et ses bras allèrent s'enrouler tout seuls autour du cou de Matt. Elle laissa échapper un gémissement de plaisir lorsqu'il se mit à lui caresser le dos, les fesses, les seins. Du bout de ses pouces, il lui frôla les mamelons, heureux de les trouver durcis.

Ils soupirèrent à l'unisson. Et puis, Camilla finit par s'affoler et elle le repoussa. Il la regarda, stupéfait et déçu.

Elle s'adossa au réfrigérateur. La tête lui tournait. Ses joues la brûlaient. Elle avait des petites douleurs partout.

— C'est…

Les mots lui manquaient. Elle agita sa main devant sa figure pour s'éventer. Pendant ce temps, Matt ne se sentait guère mieux et respirait tout aussi laborieusement qu'elle.

— Les plans, ça a peut-être du bon, dit-il d'une voix rauque. Mais, sortir des sentiers battus, ça vaut mieux, non ?

— Je ne suis pas en état de vous contredire, répondit Camilla. Il y a eu un court-circuit dans mon cerveau. Tous les fils sont grillés.

Elle se versa un grand verre d'eau et le but d'une traite. Ça ne la rafraîchit pas beaucoup.

— Il faut que je fasse quelque chose de mes dix doigts, décida-t-elle.

— Maintenant ?

— Oui, *maintenant*.

Elle ouvrit le tiroir sous l'évier. Un vrai foutoir. Parfait ! Elle tria les cuillers et les fourchettes, aligna les couteaux, mit les crayons d'un côté, les boîtes d'allumettes de l'autre, enleva un CD de chansons de Noël qui n'avait rien à faire là.

Matt s'adossa au comptoir.

— Si je comprends bien, vous êtes capable d'affronter le conseil municipal au grand complet et de plaider votre cause jusqu'à ce qu'ils rendent les armes ou meurent tous d'épuisement… et vous êtes incapable de m'affronter, moi tout seul ?

Embarrassée, Camilla arrêta de fourgonner dans le tiroir.

— Je ferais mieux de m'occuper de mon bureau, dit-elle.

Lorsqu'elle sortit, Matt lui emboîta le pas.

— Rentrez chez vous, lui conseilla-t-elle. Allez vous reposer.

— Oh, non. Je suis curieux de voir comment on s'y prend pour mettre de l'ordre dans un endroit déjà très bien rangé.

Lorsqu'elle entra dans son bureau, il la suivit de si près qu'elle n'aurait pas pu refermer la porte derrière elle sans lui arracher le nez.

La mine sévère, les dents serrées, elle ouvrit le tiroir du haut. Bien entendu, tout était déjà à sa place.

— Vous n'êtes pas seulement psychorigide, vous avez des TOC, dit Matt sur le ton de la conversation.

— D'accord, j'aime faire le ménage quand je suis nerveuse ou en colère. Où est le drame ? Je suis certaine que, vous aussi, vous faites quelque chose quand rien ne va plus.

— Bien sûr. Je m'attaque au problème.

Camilla releva brusquement la tête.

— Dites-moi ce qui ne va pas, ajouta Matt.

Elle baissa de nouveau les yeux vers son tiroir. Ses portemines, ses stylos, étaient chacun dans son compartiment. Il en allait de même pour les gommes, le rouleau de Scotch, l'agrafeuse, le coupe-papier, le taille-crayon…

— Camilla…

Matt paraissait sincère et bienveillant mais elle hésitait toujours. Ce n'était pas facile à avouer.

— Quand j'étais jeune, j'étais obèse.

Là, c'était dit. À haute et intelligible voix. C'était la première fois.

— Pendant toute mon enfance et mes années de lycée, j'ai été une grosse dondon, enchaîna-t-elle. Le pire c'est que tous les autres membres de ma famille étaient en pleine forme, minces, sportifs. Ça la fichait mal. Ils étaient tous parfaits. Mon père et ma mère réussissaient le tour de force de vieillir sans prendre un gramme ni une ride. Mes frères étaient des apollons, ma sœur une tanagra. Il n'y avait que moi qui ne ressemblais à rien.

Matt n'avait pas l'air disposé à prendre la fuite, alors, elle continua.

— Et puis, je suis entrée à l'université. J'ai vécu seule, loin de la famille. Je me suis prise en main et j'ai perdu trente kilos. Depuis ce temps-là, je me suis rendu compte que c'est comme ça que je veux vivre. En contrôlant tout. Ça vous paraît névrotique mais, moi, il n'y a que comme ça que je me sens bien.

Il ne se moqua pas d'elle. Il ne sourit même pas. Il s'approcha et la prit par le menton pour la forcer à relever la tête.

— Nous avons grandi dans la même ville. Je sais comment vous étiez.

— Vous saviez que j'étais une ancienne grosse ?

— J'ai joué au basket avec votre frère aîné, rappela-t-il. Vous veniez voir les matches.

Elle s'en souvenait fort bien. Elle s'installait près du buffet et elle mangeait. Mangeait.

Il lui passa tendrement la main dans les cheveux et dit :

— On est toujours assez beau quand on a tous ses membres, non ?

— Allons, Matt ! C'est facile à dire pour quelqu'un comme vous. Je parie que votre miroir vous dit tous les matins que c'est vous le plus beau, sans même que vous ayez à lui poser la question.

Il ne répondit rien, se contentant de sourire.

— Essayez-vous de me faire croire que le physique ne compte pas pour vous ? demanda-t-elle.

— Je dis seulement que ce n'est pas l'essentiel. Mon frère jumeau et moi, notre mère nous a eus à dix-sept ans. Toute seule, elle aurait déjà eu du mal à se gouverner. Alors, avec deux gosses ! C'était l'anarchie. Parfois, nous n'avions même pas de toit au-dessus de nos têtes. Pas besoin de vous dire que j'ai travaillé dur pour arriver là où je suis aujourd'hui, et je veux une femme qui soit capable de comprendre ça parce qu'elle n'aura pas eu la vie facile, elle non plus. Je veux une femme qui ait des choses à me dire, qui me comprenne, qui soit sérieuse et drôle à la fois. Et si, en plus, elle est agréable à regarder – et, croyez-moi, Camilla, vous êtes *très* agréable à regarder – eh bien, c'est encore mieux…

Elle l'observa attentivement pour savoir si elle devait le croire. Il avait l'air sincère.

— Je ne sais pas quoi vous dire, répondit-elle. Il serait peut-être temps que je rentre chez moi.

Elle éteignit la lumière. L'obscurité ne fut pas complète car les illuminations de la rue entraient par les fenêtres. L'instant, la situation avaient quelque chose de romantique.

Camilla ne résista pas quand Matt la prit par les épaules et l'attira contre lui. Il l'embrassa sur les lèvres : un baiser léger, bref, chaste. Et puis, il se recula, glissa les mains dans ses poches et dit :

— Bonne nuit, alors.

C'est un malin, pensa-t-elle. Un fameux stratège. Il savait quand attaquer et quand battre en retraite. S'il l'avait embrassée passionnément avant de lui proposer de le suivre chez lui, qu'aurait-elle fait ?

Elle aurait dit non, bien entendu.

Oh, foutaises ! Elle aurait accepté sans la moindre hésitation. Pas seulement parce qu'il embrassait magnifiquement mais aussi parce qu'il l'avait vue au comble de sa maniaquerie sans prendre ses jambes à son cou.

Elle attrapa sa veste et son sac. Avant de sortir, elle commit l'erreur de se retourner vers lui.

S'il n'y avait eu que du désir dans les yeux de Matt, elle n'en aurait peut-être fait aucun cas. Mais il y avait aussi une immense, une insondable tendresse.

Elle se sentit fondre. Combien de fois l'avait-on déjà regardée comme ça ? Jamais. Combien de fois avait-elle ressenti un tel désir ? Jamais.

Et si, pour une fois, elle décidait de vivre pleinement ? Même si cela voulait dire improviser. Il n'y a pas de mal à improviser une fois de temps en temps. Elle pouvait par exemple décider d'improviser une fois par mois !

En commençant maintenant.

Elle raccrocha sa veste au portemanteau et reposa son sac sur le bureau.

— Matt ?

— Oui ?

— Vous avez des préservatifs sur vous ?

Il tiqua.

— Hein ? Quoi ?

— Je suppose qu'un homme comme vous en a toujours sur lui, au cas où.

Elle lui posa ses mains sur les épaules et le regarda gravement.

— Je n'ai pas l'habitude de faire le premier pas, vous savez ?

— Camilla...

— Pas parce que je suis une sainte-nitouche, notez bien, mais parce que je n'ai jamais eu envie de quelqu'un au point de risquer une rebuffade.

Matt plissa les yeux.

— Soyons clairs, dit-il. Vous êtes en train de me faire des avances, c'est bien ça ?

Camilla ravala sa salive.

— Oui, répondit-elle d'une voix audible mais étranglée. Disons que c'est une sorte de bonne résolution du 1er janvier, avec une semaine d'avance. À partir de maintenant, quand j'aurai envie de quelque chose, je foncerai tête baissée.

— Je ne peux que vous approuver, dit Matt avec un sourire gourmand.

— Vous serez gentil, hein ?

— Camilla, j'ai l'intention d'exaucer vos moindres désirs.

Il la prit par les hanches, la souleva et la reposa sur le bureau.

— On va faire ça ici ? demanda-t-elle d'une voix blanche.

Déjà, elle haletait. Son cœur faisait des bonds dans sa poitrine. Ses seins durcissaient. Elle avait des picotements dans l'entrejambe.

— Oh ! là, là ! Oui, très chère. Ici même.

Il lui écarta les cuisses et s'installa au milieu.

— Attendez ! s'écria-t-elle soudain.

Il se figea.

— Rien qu'une seconde, ajouta-t-elle pour le tranquilliser.

Pivotant, elle balaya d'un geste du bras tout ce qui se trouvait si méticuleusement disposé sur son bureau. Le téléphone, le sous-main, le pot à crayons, la coupelle pleine de trombones, le bloc-notes, son sac tombèrent en pluie sur la moquette.

— Joli coup ! dit Matt, sincèrement admiratif.

Elle regarda les dégâts en se mâchouillant la lèvre inférieure. À la vérité, elle était tentée de tout ramasser.

Matt avait l'air grave mais ses yeux pétillaient de malice.

— Vous voulez qu'on fasse une pause, le temps de faire le ménage ?

— Non, ça va, répondit-elle, déconcertée.

En plus, il était télépathe !

— Vous êtes sûre ?

— Oui. Je ne veux penser qu'à l'instant présent. Pour une fois !

Comme elle contemplait toujours la moquette jonchée d'objets, il la prit par le menton et la força à le regarder, lui.

— À la bonne heure, dit-il.

De sa main libre, il la plaqua contre lui. Même à travers les épaisseurs d'étoffe, elle le sentit très bien. Il était si dur, si gros…

Le cœur de Camilla s'emballa.

— Si vous avez envie de vous arrêter pour nettoyer ou ranger quelque chose, n'hésitez pas à me le dire.

— Non, ça ira.

Lorsqu'il l'embrassa, elle l'agrippa par les cheveux et l'accueillit avec ferveur. C'était ça, la vraie vie. Mais il y avait encore trop d'obstacles entre eux. Leurs vêtements. Impatiemment, elle lui passa sa main sous la chemise. Sa peau était tiède, ses muscles fermes. Il tremblait un peu. Signe qu'il était ému. Par elle.

Ce soir, au moins, elle n'était pas seule.

Elle frémit lorsqu'il voulut lui ôter son bustier. Et puis, elle se souvint qu'elle n'était plus grosse. Alors, elle se laissa faire. Dans la foulée, il lui dégrafa son soutien-gorge et promena ses mains sur son buste. Là encore, elle commença par frémir et puis elle se raisonna : elle n'avait pas besoin d'avoir honte.

— Ça va toujours ? demanda-t-il en lui retroussant sa jupe.

Elle répondit que oui. Alors, il lui dit de se tenir au bureau et se recula un peu, le temps de lui retirer sa culotte. Elle sentit la fraîcheur de l'air entre ses cuisses. Avec son habituelle franchise, il prit le temps de regarder comment elle était faite.

Elle ferma les yeux. Toujours cramponnée au rebord du bureau, elle s'efforçait de rester calme. Elle ne savait pas quoi faire. Ce n'était pas sa faute si elle manquait d'expérience ! Devait-elle parler ? Si oui, pour dire quoi ? Devait-elle le prévenir qu'elle ne jouissait pas souvent avec un homme parce qu'elle ne savait pas s'abandonner ? Devait-elle se taire, sourire d'un air béat et simuler l'orgasme ?

Matt baissa son pantalon, mit un préservatif. Camilla eut juste le temps de penser que c'était agréable à regarder et puis, il glissa un doigt en elle, le fit tournoyer, aller et venir, et, lorsque le sillon fut assez humide, il la pénétra lentement, en murmurant son nom d'une voix éraillée.

Elle fut incapable de répondre car, après quelques mouvements de va-et-vient, elle se retrouva pantelante. Les délicieuses frictions eurent tôt fait de l'emmener très haut, très loin, vers des cieux où règne une lumière aveuglante.

6

Camilla se dit que tout allait bien, qu'elle était sortie à peu près indemne de l'expérience. Elle se le dit pendant le trajet de retour, et sous la douche, et pendant les trois heures d'insomnie qui suivirent, jusqu'à ce que son réveil sonne, à 6 heures du matin.

Elle s'était toujours demandé à quoi pouvait ressembler une aventure torride entre deux portes. Maintenant, elle savait.

Lorsque son réveil sonna de nouveau, elle se leva et s'habilla. Aujourd'hui, c'était la veille de Noël. La plupart des gens n'iraient pas travailler mais elle oui. On ne se refait pas.

Elle éprouva un pincement de cœur en revoyant son bureau. Les lieux du crime, pour ainsi dire. Cette nuit, avant de s'en aller, elle avait tout rangé – mais elle n'avait pas besoin de voir ses affaires répandues par terre pour se souvenir de ce que Matt lui avait fait ici.

Assise à son bureau, elle ne put s'empêcher de faire la grimace en voyant l'empreinte de ses fesses imprimée dans le papier buvard. Elle se plongea dans son travail sans délai. Vers midi, elle se trouva fière du résultat et fière d'elle-même. Combien de femmes à sa place auraient été capables de se concentrer sur des barèmes ? Mais, en milieu d'après-midi, elle décida de laisser tomber. Il fallait qu'elle sorte, sinon, elle risquait de devenir folle. Alors, elle alla faire les boutiques, à la recherche de cadeaux pour sa famille. Elle les fit toutes sans rien dénicher d'intéressant. De toute façon, sa mère était toujours déçue, son père jamais content, ses frères n'aimaient rien et sa sœur avait déjà tout.

Autour d'elle, les rues étaient illuminées, les arbres couverts de guirlandes, les vitrines décorées. Des chorales chantaient. Dans l'air flottaient des odeurs de vin chaud et de marrons grillés. Il y avait des gens partout. Des couples, des familles, des groupes d'amis... Ils souriaient, riaient, prenaient du bon temps. Bref, ils étaient dans l'ambiance.

Personne ne semblait seul.

Sauf elle.

Elle retourna à sa voiture les mains vides. Alors, en attendant que le moteur chauffe et que le pare-brise dégivre, elle réfléchit. Finalement, elle eut une idée. Cette année, ce serait tire-fesses pour tout le monde. C'était original, cool, et ça leur donnerait une excuse pour faire prendre l'air à leurs skis.

Pour la première fois de la journée, Camilla sourit.

Sûre d'avoir trouvé le cadeau idéal, elle parcourut les dix kilomètres qui la séparaient de la station. Là, elle acheta cinq abonnements au remonte-pente et elle était en train de les ranger dans son sac quand quelqu'un lui dit à l'oreille :

— Regardez qui est là ! Vous avez réussi à vous arracher à votre travail ?

La dernière fois qu'elle avait entendu cette voix, elle lui murmurait des mots tendres à l'oreille. Se retournant, elle vit Matt Tarino, en combinaison noire, avec un bonnet de Père Noël sur la tête, des Ray Ban sur les yeux et un snowboard à la main.

Il aurait pu être archiridicule. Au lieu de ça, il était juste lui-même : décontracté, sans complexe…

— Alors, Camilla, quel bon vent vous amène ?

Maintenant qu'ils avaient fait l'amour comme des bêtes, elle le trouvait encore plus intimidant qu'avant. Pour plus de sûreté, elle baissa les yeux.

— Je suis venue acheter des abonnements au remonte-pente pour toute ma famille. Je vais leur offrir ça pour Noël.

— Sympa comme cadeau !

— J'espère qu'ils seront du même avis que vous, répondit Camilla, mi-figue mi-raisin.

— Vous passez une bonne journée ?

— Oui, répondit-elle sans commentaire.

En secret, elle pensa : « Ça pourrait être mieux mais ce n'est pas pire qu'une jambe cassée. »

Matt enleva ses lunettes de soleil.

— Vous avez l'air plutôt morose pour quelqu'un qui s'amuse bien.

Elle gardait obstinément les yeux baissés.

— Pourquoi refusez-vous de me regarder en face ? demanda-t-il en la prenant familièrement par les épaules. C'était si pénible que ça, la nuit dernière ?

Surprise, elle releva les yeux.

— Euh, non, non… Vous savez bien comment c'était. C'était formidable.

Il parut soulagé.

— Je connais un autre moyen de passer un moment formidable, dit-il. Venez faire quelques descentes avec moi avant qu'ils ne ferment les pistes.

— Je ne suis pas équipée. Et puis, j'ai prévu de retourner à la mairie pour finir d'examiner les ordinateurs.

— Nous irons plus tard, je vous aiderai.

— Je ne…

Elle le regarda longuement. Elle se connaissait. Elle était en train de tomber amoureuse et, tomber amoureuse d'un homme, c'était dangereux. Ça lui donne le pouvoir de vous faire tout le mal qu'il veut. Effrayant.

— Je vais vous faire prêter le matériel, dit Matt. Vous êtes plutôt skis ou snowboard ?

En moins de temps qu'il n'en faut pour le dire, elle se retrouva sur la neige, skis aux pieds et s'amusant comme une petite folle.

Elle se délectait surtout à regarder Matt. Il se déplaçait avec la grâce et l'élégance d'un danseur étoile. Il dévalait les pentes avec l'aisance et la folle audace d'un oiseau en piqué.

Elle se demandait ce qu'il pensait de la nuit dernière mais ils n'en parlèrent pas. Ils se contentèrent de glisser côte à côte, amicalement, fraternellement, et quand, deux heures plus tard, on ferma les pistes, Camilla était glacée jusqu'à la moelle des os mais euphorique. Pendant quelque temps, elle avait été comme ceux qu'elle avait vus en ville tout à l'heure : pas seule au monde, heureuse de vivre.

— Merci, dit-elle après avoir rendu les skis qu'il avait empruntés pour elle. Ça m'a fait du bien.

— Vous avez froid, constata-t-il. Je peux arranger ça.

— Vous en avez déjà beaucoup fait pour moi, merci bien.

— Allons, Camilla. Qu'avez-vous à craindre ?

Qu'il lui propose de se glisser sous la couette avec lui et qu'elle soit assez faible pour accepter.

— Vous n'avez pas confiance en moi ?

Ses yeux gris-bleu exprimaient un curieux mélange de tendresse et d'ingénuité. Oui, au fait : avait-elle confiance en lui ?

— Je ne serais pas prête à sauter dans le vide avec vous, dit-elle franchement, mais, au travail... au travail, oui, j'ai confiance en vous.

Il éclata de rire.

— C'est un bon début. Mais, sur le plan personnel ? Avez-vous confiance en moi en dehors du travail ?

Encore cette question ! N'avait-elle pas déjà répondu en disant qu'elle n'était pas prête à le suivre n'importe où ?

— En dehors du travail, c'est une autre paire de manches.

— Ah ? fit Matt avec un aimable sourire. Vous plairait-il de me dire pourquoi ?

— Eh bien… vous aimez les femmes.

— Il me semble que vous n'avez pas eu à vous en plaindre.

Camilla rougit légèrement.

— Vous aimez *toutes* les femmes.

Matt se rembrunit soudain.

— Ah ! C'est ce que dit la rumeur. Mais la rumeur exagère.

— Dans quelles proportions ?

— Hein ?

— Oui, parmi celles qu'on vous prête, quel est le pourcentage d'erreur ?

Il resta pensif un long moment. Se passa la langue sur les dents. Se mordilla les lèvres. Fit toutes les mimiques de l'homme embarrassé.

— C'est bien ce que je pensais, dit Camilla pour conclure.

Elle ouvrit son sac et y chercha ses clés mais il lui immobilisa les mains.

— D'accord, dit-il, j'ai pris du bon temps. Je le reconnais. Je plaisais, j'en ai profité. Jusqu'ici. Mais, le cas échéant, je n'aurais pas peur de m'engager. Pourriez-vous en dire autant ?

— Oui, sans doute.

— Alors, où est le problème ?

— Nous sommes tellement différents l'un de l'autre.

— C'est vrai. Vous êtes collet monté, psychorigide, maniaque, tatillonne.

Camilla croisa les bras et se donna un air de dignité outragée.

— Il y a sans doute des gens qui seraient prêts à m'aimer à cause de ça.

— Je serais prêt à vous aimer *malgré ça.*

Camilla se pétrifia.

— Quoi ?

— Pas ici, dit Matt sur un ton décidé. Je suis d'accord pour en parler, mais pas ici. Venez !

Il la conduisit jusqu'à un endroit où quelques chalets se trouvaient nichés au pied de la montagne. Devant l'un d'entre eux, Camilla reconnut la voiture de Matt. Il ouvrit la porte, qui donnait directement sur un salon. D'un côté, une baie vitrée permettait d'admirer la montagne. Le mur opposé était occupé par une cheminée. Les deux autres murs étaient couverts de lattes de bois clair. Il y avait un sapin de Noël dans un coin, sobrement décoré et, dans un pot, une plante verte, en assez piteux état.

Le canapé avait l'air d'avoir beaucoup servi. Un ballon de football traînait par terre, ainsi qu'une paire de chaussures de sport, une paire d'après-ski, des magazines, des journaux. Appuyés contre un mur, il y avait plusieurs paires de skis et deux snowboards.

Au total, c'était gentil chez lui. Douillet. Mais pas bien tenu.

Camilla résista à la tentation de faire un peu de ménage.

Ou de sauter sur Matt.

— Je vais faire du feu, dit-il. Entrez, mettez-vous à l'aise.

Comme elle hésitait, il la prit par le cou et l'embrassa sur la joue.

— Allons, dit-il. Je vous promets de ne pas vous mordre. Sauf si vous me le demandez gentiment.

— Vous êtes un grand malade, répondit-elle en riant.

7

— Je crois que je devrais vous laisser, dit Camilla dans un ultime effort pour échapper à son sort. C'est le soir du réveillon.

Elle resta plantée sur le seuil, hésitante, vaguement inquiète et se donnant beaucoup de mal pour cacher son trouble.

— Je suis sûre que vous avez mieux à faire, reprit-elle.

Il la regarda avec amusement.

— Demain après-midi, je vais voir un match de foot avec mon frère mais, d'ici là, je suis tout à vous.

D'ici là ? Elle ravala sa salive. D'ici demain après-midi, il pouvait s'en passer, des choses !

— Vous vous posez beaucoup trop de questions, ajouta Matt en la prenant par la main comme s'il craignait qu'elle ne cherche à s'enfuir.

Camilla avala une grande goulée d'air et s'avança dans le salon.

— J'ai toujours le projet de retourner à la mairie pour fouiller dans les ordinateurs.

— Je sais.

Matt s'accroupit devant la cheminée et alluma le feu sous les bûches déjà prêtes.

— Venez vous réchauffer.

Elle s'approcha, les bras autour du corps, en lui souriant timidement. Il passa dans la cuisine. Elle l'entendit s'activer et sa gorge se serra. Il se préparait pour la grande scène de séduction. Il était sans doute en train de chercher des bougies, un disque de musique douce, des préservatifs.

Ses cuisses frémirent.

Maudite carcasse ! Elle ne voulait plus faire l'amour. Elle avait eu une petite aventure. Elle avait pris son pied. Ça suffisait comme ça.

Il revint avec un grand plateau sur lequel se trouvaient de la charcuterie, du fromage et des fruits.

— Qu'est-ce que c'est que ça ? s'étonna Camilla.

— C'est l'heure du dîner. Je me suis dit que, si je prenais le temps de cuisiner quelque chose, vous en profiteriez pour me fausser compagnie. Il faut prendre des forces avant de retourner à la mairie.

Camilla resta un instant bouche bée.

— Et moi qui croyais que vous alliez vouloir faire l'amour.

— Oh, j'en ai bien l'intention, reconnut-il volontiers. Mais, tant que nous n'aurons pas fait ce que nous avons à faire, vous n'arriverez pas à vous détendre… et j'ai envie que vous soyez détendue pour ça, Camilla.

Elle le regarda avec des yeux ronds.

— Comme vous me comprenez bien !

— J'essaie.

— Matt ?

— Ouais ?

Oh, et puis, tant pis ! Elle l'attrapa par le cou et l'embrassa. Après un moment de surprise, il se laissa faire. Mais, au bout d'une minute, il s'écarta et lui montra le plateau de victuailles.

— Mangez. Ensuite, mairie. Ensuite, au lit. *Mon lit.*

Il faisait froid et sombre dans les bureaux et Camilla se tourna hardiment vers l'un des services qu'ils n'avaient pas encore fouillés : l'urbanisme – autrement dit, celui où elle travaillait.

Les trois premiers ordinateurs étaient nickel, y compris le sien. Il n'en restait plus qu'un. Celui d'Edward.

Camilla hésita devant la porte de son bureau.

— Malgré l'épisode Belinda, je ne le crois pas capable de vouloir du mal aux gens, dit-elle.

— Au nom de l'égalité, il a le droit comme tout le monde à une invasion de sa vie privée, dit Matt. Allons jeter un coup d'œil.

Au dam de Camilla, ils trouvèrent plusieurs e-mails envoyés au *Sierra Daily* dans la boîte d'Edward, le dernier laissant entendre que le capitaine des pompiers de Blue Eagle était sans doute un pyromane.

— Oh, mon Dieu, soupira-t-elle. Lui aussi !

Elle n'arrivait pas à le croire, elle ne savait pas quoi en penser.

— Camilla, ça va ?

Curieusement, oui. Elle allait bien. Ce qu'Edward faisait ne la touchait pas, ne signifiait rien pour elle, sinon qu'Edward était un crétin.

— Oui, ça va, ne vous en faites pas.

C'est alors que la porte du bureau s'ouvrit derrière eux. Ils se retournèrent. La personne qui allait entrer se figea en les voyant et, après une seconde d'hésitation, fit demi-tour et s'apprêta à prendre la poudre d'escampette.

Matt bondit et la rattrapa par le pan de sa veste.

Au même moment, Camilla alluma la lumière… et se retrouva confrontée avec le canon d'un revolver.

— Belinda ! s'exclama-t-elle.

Belinda, d'un coup sec, força Matt à lâcher sa veste. Grande, blonde, flexible, elle portait un tailleur-pantalon rouge qui mettait en valeur sa silhouette de naïade.

— Vous m'avez fait une de ces peurs, dit-elle. Qu'est-ce que vous faites ici ?

— Je veux bien te le dire, répondit Matt. Mais si on parlait d'abord de ça ? ajouta-t-il en montrant l'arme qu'elle brandissait toujours.

Belinda rougit légèrement.

— Vous m'avez fait peur. J'ai cru que c'étaient des cambrioleurs. C'est pour me protéger.

— Eh bien, ce n'est que nous, dit Matt. Tu peux le ranger.

Au lieu de ranger son revolver, Belinda le braqua sur Matt.

— Qu'est-ce que vous avez à fouiner dans l'ordinateur d'Edward ?

Lentement, Matt retourna vers l'ordinateur en question. L'arme de Belinda suivit le mouvement.

— Nous regardions dans ses mails, expliqua Matt.

Belinda n'eut pas l'air contente.

— Pourquoi ?

— Nous cherchons la personne qui répand toutes ces calomnies.

— Ce ne sont pas des calomnies si c'est vrai, lança Belinda. Et tout était vrai, quoi qu'on en dise.

Matt continua de se déplacer de façon que Belinda soit obligée de tourner le dos à Camilla pour continuer de le surveiller.

— Comment sais-tu que tout est vrai ? demanda-t-il.

Belinda le regarda avec dureté.

Il soutint son regard, hardiment, malgré le canon du revolver à moins d'un mètre de son visage.

— Vous avez déjà compris, n'est-ce pas ? murmura Belinda.

— Quoi ? Que c'est toi qui t'es servie des ordinateurs des uns et des autres pour envoyer les mails au journal ? explicita Matt. Oui, je viens juste de comprendre. Maintenant, qu'est-ce qu'on fait, Belinda ? Parce que, jusqu'ici, tu n'as rien de très grave à te reprocher. Le flingue change tout.

Belinda regarda son revolver.

— Ne fais pas l'idiote, dit Matt.

Dans son coin, Camilla commençait sérieusement à s'affoler. Ce diable d'homme était en train de narguer une fille qui le menaçait avec une arme ! Le cœur serré, elle s'approcha de l'étagère sur laquelle Edward rangeait ses plans, enroulés dans un tube en fer-blanc qui pesait au bas mot cinq kilos.

— Pourquoi as-tu fait tout ça ? demanda Matt à Belinda. Tu as eu la peau du maire. A quoi bon ?

— Il n'a eu que ce qu'il méritait ! s'écria Belinda. Il trompait sa femme. Avec un jeune garçon ! ajouta-t-elle avec un frisson de dégoût. Tout le monde ici le savait et personne ne disait rien. Quelle belle bande d'hypocrites !

Pendant ce temps, Camilla avait pris le tube de métal et elle arrivait tout doucement dans le dos de Belinda.

— Alors, tu les as punis, eux aussi ? demanda Matt.

— Oui. Et vous auriez peut-être été le suivant.

Matt hocha la tête.

— Tu n'aurais rien trouvé de compromettant contre moi, Belinda.

— Pourquoi pas ?

— Parce que je suis plus malin que toi, ma cocotte !

Camilla n'en crut pas ses oreilles. Il ne voyait donc pas le revolver ! Elle avait tellement peur pour lui qu'elle n'arrivait plus à respirer.

La main de Belinda trembla, sans doute de rage. Bon Dieu ! Le temps pressait. Camilla s'avança d'un pas de plus et brandit le tube. Matt fit semblant d'apercevoir quelque chose d'intéressant au plafond. Machinalement, Belinda leva les yeux, et avec les yeux, son bras, et avec son bras, le revolver.

Camilla ferma les yeux et frappa de toutes ses forces sur le bras de Belinda avec le tube de dix livres.

Le revolver s'envola et retomba sur la moquette à quelques pas de là. Furieuse, Belinda se retourna vers Camilla.

— Je viens de t'épargner une longue peine de prison, lui dit Camilla. Tu me remercieras plus tard.

Belinda poussa un cri de rage mais, au lieu de se jeter sur Camilla, comme Camilla s'y attendait, elle s'enfuit à toutes jambes.

Matt se précipita pour prendre Camilla dans ses bras. Tremblant de peur et de colère, il la regarda comme si elle était la chose plus précieuse du monde. Elle aima ça. Elle l'aima, *lui*.

— Vous allez bien ? demanda-t-il.

— Naturellement que je vais bien. C'est vous qui aviez un revolver sous le nez ! J'ai failli mourir de peur à cause de vous !

Elle le prit par les cheveux pour le forcer à se pencher et l'embrassa.

— C'est là que j'ai compris que je vous aimais, reprit-elle. C'est drôle, non ? Maintenant, vite, rattrapons Belinda.

Il la prit par les bras et la souleva.

— Qu'est-ce que vous avez dit ?

— Qu'on devrait poursuivre Belinda.

— Non, avant ça !

— On verra ça plus tard. Il faut…

— Dites-le, insista-t-il.

— Je vous aime.

Il se pencha et l'embrassa, un baiser brûlant, qui scellait leur union.

— Moi aussi, je vous aime. Vous ne savez pas à quel point.

À ces mots, le cœur de Camilla se dilata de joie. Elle était amoureuse. Elle était aimée. Que demander de plus ?

— Je voulais me conduire en héros, dit Matt. Mais vous vous êtes fort bien débrouillée toute seule.

— Ça fait partie de mes bonnes résolutions. Foncer tête baissée, vous vous souvenez ?

— Ça n'a rien de nouveau. Je vous ai toujours vue foncer tête baissée.

— Au travail, oui. Mais maintenant, je l'applique à d'autres domaines. Par exemple, ma vie privée.

Les yeux de Matt brillaient.

— C'est pour m'avoir, moi, que vous allez foncer tête baissée ?

— Oui, sans le moindre doute. Quelle impression cela vous fait-il, monsieur le maire ?

Matt regarda sa montre. Minuit deux.

— C'est le plus beau cadeau de Noël que j'aie jamais eu, murmura-t-il en la serrant très fort contre lui.

KATHY LOVE

Le plus beau des Noëls

1

« Quelle plaie, Noël ! » pensa Robert Marsten.

Selon son planning, il aurait dû atterrir à Portland, dans le Maine, à 6 h 35. Il jeta un coup d'œil à sa montre.

7 h 52.

Bon, il ne serait pas à l'heure.

Il prit son sac de voyage et rejoignit le groupe de voyageurs impatients, fatigués et furieux qui entouraient le bureau des renseignements.

— OK, dit l'employé retranché derrière l'imposant comptoir. Tous les vols au départ de Boston sont annulés.

La foule murmura et grogna et se resserra autour de l'employé.

D'où la hauteur du comptoir, pensa Robert. Afin que les passagers aient du mal à passer par-dessus en cas d'émeute.

— Tu parles d'un Noël ! grogna un homme derrière Robert.

Robert approuva d'un hochement de tête. Ça lui apprendrait. Il n'aurait jamais dû envisager ce voyage. Il aurait mieux fait de travailler, surtout qu'il venait d'avoir une promotion. Mais sa sœur l'avait eu à l'usure.

— C'est ton seul neveu et c'est son premier Noël, avait-elle dit.

— Kate, tu sais que je suis très occupé.

— Non, justement, je n'en sais rien. Je ne te vois pas assez souvent pour savoir ce que tu fais. Tu ne connais pas encore mon fils. Faut-il que je te rappelle qu'il est né en avril ? Allez ! Viens passer quelques jours à la maison. Papa et maman s'ennuient de toi. Et moi aussi.

Il avait fini par accepter. S'il n'était pas retourné voir ses parents depuis trois ans, c'était tout bonnement qu'il n'avait pas le temps. Ceux qui sont toujours en vacances n'arrivent à rien dans la vie.

Récapitulons : en prenant le premier vol pour Portland demain matin, ça lui laisserait quarante et une heures avec sa famille. Enfin, à condition que la tempête prenne fin comme prévu par la météo.

Il laissa les voyageurs à leur colère et regarda par la fenêtre du terminal. Il neigeait dru. Mais les voitures d'entretien se mouvaient dans la neige sans trop de difficulté.

Ça lui donna une idée.

Une hôtesse en uniforme vint à passer.

— Excusez-moi ?

La jeune femme s'arrêta. Elle se montra doublement aimable lorsqu'elle se rendit compte qu'elle avait affaire à un homme jeune, beau et particulièrement élégant.

— Oui, monsieur ?

— Pouvez-vous me dire où se trouvent les agences de location de voitures ?

— Au sous-sol. Suivez les panneaux qui indiquent la consigne. C'est juste à côté. Mais je ne sais pas s'il en reste beaucoup. Il y a pas mal de voyageurs qui ont préféré tenter leur chance par la route plutôt que d'attendre qu'il ne neige plus. Triste façon de passer Noël.

Robert approuva. Mais, une fois encore, il n'avait jamais aimé Noël.

Lorsqu'il arriva au sous-sol, il ne vit personne. Pas un chien ! C'était étrange, étant donné le nombre de gens coincés ici ce soir. Et puis, il se rendit compte que les agences étaient fermées. Des panonceaux indiquaient qu'elles n'avaient plus de voitures à louer.

Un peu plus loin dans le couloir, Robert vit un homme debout devant un comptoir. S'approchant, il constata que c'était une agence de location de voitures et qu'ils étaient ouverts.

Sur l'enseigne, on pouvait lire : *Tacots & Cie*.

Robert fit la grimace. Pas très engageant. Mais, étant donné la situation, il ne pouvait pas se permettre de faire le difficile.

L'employé de l'agence était en train de tendre un jeu de clés par-dessus le comptoir.

— Voici, monsieur. Notre dernière voiture. Vous avez de la chance dans votre malheur.

— Merci et joyeux Noël.

Robert s'approcha du comptoir.

— Excusez-moi ! J'ai bien entendu ce que vous venez de dire ? Vous n'avez plus de voitures ?

L'employé, un type jeune, d'une propreté douteuse, haussa les épaules.

— Non. C'était la dernière. Désolé.

Formidable !

Robert se retourna aussitôt vers l'autre client, qui le regardait avec une certaine défiance.

— Je suis prêt à vous offrir cinq cents dollars en échange de la voiture.

L'homme, une petite trentaine d'années, blond, les cheveux en brosse, un manteau de loden sur un costume de velours, esquissa un sourire de commisération.

— Je suis désolé. J'ai un mariage demain à Portland. Il faut absolument que nous soyons dans le Maine ce soir.

Robert fronça les sourcils. Quelle idée saugrenue de se marier le jour de Noël ? Il allait en faire la remarque lorsqu'une voix derrière lui le fit taire.

— À la bonne heure ! Vous êtes toujours là !

Les intonations étaient claires et chantantes : une voix avec un sourire dedans.

Robert ne bougea pas, ne se retourna pas pour la voir. Pas la peine. Il connaissait cette voix. Il la connaissait même très bien.

L'autre homme se tourna vers la nouvelle venue et lui adressa un large sourire.

— Nous n'allions pas partir sans toi, voyons !

— Dieu merci ! Je n'avais pas envie de passer la nuit de Noël recroquevillée sur un banc dans l'aéroport.

Elle rit. Exactement les tonalités cristallines dont Robert se souvenait. Son cœur se serra dans sa poitrine. En retenant son souffle, doucement, il se retourna.

Elle s'était laissée choir sur l'un des fauteuils tout proches et fourrageait dans un grand sac. Il la voyait de profil, avec son beau front bombé et son petit nez retroussé.

Ses cheveux blonds étaient noués en gerbe sur le sommet de sa tête. Quelques mèches indociles lui caressaient la joue.

C'était Erika. Son Erika.

— Je suis sûre que c'est là, quelque part, dit-elle en continuant de fouiller dans son sac.

— Ne t'en fais pas, dit l'homme au loden et à la brosse blonde. Nous réglerons ça plus tard.

Erika releva la tête, un lumineux sourire aux lèvres – des lèvres ô combien sensuelles : pulpeuses, bien ourlées, vermeilles. Robert regarda avec une pointe de jalousie l'homme à qui ce sourire était adressé.

L'homme qui se mariait demain avec Erika.

— Non, Duncan, je ne veux pas que tu…

Lorsqu'elle s'interrompit brusquement, Robert se retourna vers elle.

Bouche bée, les yeux écarquillés, le souffle coupé, elle avait l'air de quelqu'un qui vient de voir un fantôme.

Enfin, elle se remit à respirer normalement.

— Robert ? C'est toi ? C'est vraiment toi ?

2

Erika se doutait qu'elle avait l'air d'une idiote, avec sa mâchoire pendante et ses yeux ronds comme des soucoupes. Bob. C'était vraiment Bob.

— Qu'est-ce que tu fais ici ? Enfin, à part chercher à louer une voiture. Tu vas dans le Maine ?

— J'essaie, répondit-il avec un demi-sourire.

Elle fit quelques pas vers lui. Elle l'aurait embrassé mais il semblait si froid et distant qu'elle changea d'idée. Alors, elle le regarda bien. Il était semblable à lui-même, à la manière dont un homme de vingt-huit ans ressemble au gamin de dix-huit qu'il a été : avec des différences. Plus étoffé au physique et plus mûr au moral. Tel quel, elle le trouva plus beau que dans son souvenir.

— Erika, tu le connais ? demanda Duncan.

— Oui.

Elle l'avait très bien connu autrefois. Mais cela faisait dix ans qu'elle ne l'avait pas revu.

— Oui, redit-elle, c'est Bob.

La rupture avait été douloureuse. Erika s'en souvenait dans les moindres détails. C'était vers la fin des vacances de Noël. Elle avait voulu que Bob aille passer le nouvel an à Rhode Island avec elle. Il avait répondu que ce n'était pas possible.

— J'ai un programme chargé, moi, avait-il dit.

Il était à Harvard, elle dans une école des beaux-arts.

— Qu'est-ce que tu veux dire par là ? avait-elle répliqué, piquée au vif.

— Exactement ce que je viens de dire. Qu'il faut que je bosse.

Il lui avait montré son livre de chevet : un pavé de sept cents pages intitulé : *La banque d'investissement.*

— J'en ai des dizaines comme ça à ingurgiter avant la fin mars, avait-il ajouté. Un doctorat d'économie, c'est du boulot. Moi, je ne peux pas me contenter de faire des barbouillages multicolores sur des bouts de toile pour avoir mon diplôme.

— C'est vraiment ce que tu penses de mon travail ? avait-elle demandé, affreusement meurtrie.

Il avait tergiversé.

— Erika, ma chérie, il faut que tu comprennes que j'ai des obligations. J'ai des buts, des rêves.

— Dans ma vie aussi, il y a des buts et des rêves, avait-elle répliqué sur un ton calme et raisonnable. Mais, avant tout, il y a toi.

Il n'avait rien répondu, se contentant de grogner.

— Bob, tu as changé, lui avait-elle dit. À dix-huit ans, tu tournes déjà le dos à ta jeunesse. Tu ne ris plus. C'est à peine si tu souris encore parfois. Tu renies tout ce à quoi tu as cru. Tu renonces à tout ce que tu as aimé. Tout ça parce que tu penses que la seule chose qui compte, c'est la réussite sociale.

À ce moment-là, il l'avait regardée d'une drôle de façon. Un bref instant, elle avait cru qu'il allait la prendre dans ses bras, mais non.

— Tu ne comprends rien, avait-il dit d'une voix sourde. S'il est vrai que je renonce à tout ce que j'ai aimé, eh bien, en bonne logique, je devrais renoncer à toi aussi.

Erika avait été blessée jusqu'au tréfonds.

— C'est ce que tu vas faire ?

Les yeux baissés, il lui avait porté le coup de grâce.

— Oui, je crois que c'est le mieux.

— Si j'ai bien compris, vous allez à Portland, vous aussi ? demanda Duncan.

— Il se trouve que oui, répondit Robert.

— Nous pourrions vous emmener.

Erika s'interposa aussitôt.

— Je ne suis pas sûre que ce soit une bonne idée, dit-elle. Enfin, je… je veux dire, la voiture est petite, nous risquons d'être serrés avec les bagages et tout le saint-frusquin.

Sans compter qu'elle n'avait pas envie d'être confinée dans une voiture avec Bob pendant des heures. Robert, qui avait parfaitement compris ses vrais motifs, sourcilla.

— Il n'y a pas d'autre voiture, dit Duncan. On va se tasser un peu et tout ira bien.

— Oh ! fit Erika, désolée – et un petit peu émoustillée en même temps.

Duncan regarda dans toute les directions.

— Je ne comprends pas, dit-il. Alex devrait déjà être revenu avec les cafés. Je vais voir ce qu'il devient. J'en ai pour une minute.

Erika fut désespérée de voir partir Duncan. Elle le suivit des yeux jusqu'à ce qu'il ait disparu au sommet de l'escalator.

Lorsqu'elle se retourna, Robert s'était rapproché.

— Il n'y a pas de mal à raccompagner chez lui un vieil ami, dit-il.

— Euh, non, c'est juste que, euh, balbutia Erika.

— Ne te fais pas de bile, je ne lui dirai pas que nous avons couché ensemble.

3

— Nous voici ! s'exclama Duncan, qui revenait déjà, ayant croisé Alex en haut de l'escalator.

Machinalement, Erika et Robert s'écartèrent l'un de l'autre.

Duncan s'approcha, une tasse en carton dans chaque main. Derrière lui se trouvait un grand brun, bronzé et athlétique, avec deux autres tasses.

— Bob, dit Duncan avec un sourire affable. Je te présente Alex, mon meilleur ami. (« Le témoin du marié », pensa Robert.) Alex, voici Bob, une vieille connaissance d'Erika.

Alex gratifia Robert d'un sourire d'une sincérité immanquable et d'une blancheur aveuglante.

— Duncan m'a dit que vous étiez prêt à vous lancer dans la croisière blanche avec nous ?

Robert acquiesça.

— Si ça ne vous dérange pas.

Alex regarda Robert des pieds à la tête, sourit de nouveau et dit :

— Bien sûr que non, voyons !

Il lui offrit l'une des tasses.

— Je vous ai pris un petit crème. Mais, maintenant que je vous vois, vous êtes plutôt du genre *espresso*, non ?

Robert ne comprit pas ce que ça pouvait vouloir dire. Il accepta la tasse de café au lait en remerciant d'un signe de tête.

— Bon, dit Erika nerveusement. On y va ?

Ils se retrouvèrent autour d'une vieille berline qu'on pouvait en effet traiter de *tacot* sans excès de sévérité.

— Ce n'était pas le moment de faire les délicats, dit Duncan en ouvrant le capot.

Il y fourra son sac, Alex le sien, Robert le sien. Puis, au grand étonnement de Robert, Duncan s'installa au volant en laissant Erika se dépatouiller avec son énorme valise.

Bravo pour la galanterie, pensa Robert, dégoûté. Du coup, ce fut lui qui l'aida à mettre sa valise dans le coffre. Après l'avoir dûment remercié, elle monta à l'arrière. À l'arrière ? Avec lui ? Il comprit bientôt pourquoi. Alex s'était déjà arrogé la place du mort.

« Ces deux-là sont vraiment des gentlemen ! » songea Robert en prenant place à côté d'Erika.

Duncan mit le moteur en marche et s'écria : « En route pour l'aventure ! »

Une fois sortis de Boston, ils comprirent pourquoi tous les vols avaient été annulés. L'autoroute était couverte de neige, on ne voyait plus ni le marquage au sol ni la limite des bandes d'arrêt d'urgence ni les bas-côtés. Devant eux, il n'y avait qu'un vaste désert blanc. Les flocons encroûtaient les panneaux indicateurs. Il ne leur restait plus qu'à se traîner au gré de la vieille guimbarde qui couinait à chaque coup de vent.

Au bout d'une vingtaine de kilomètres, ce qui devait arriver arriva : Duncan n'eut qu'à donner un coup de frein malencontreux pour que la voiture glisse, toupine et se retrouve dans le fossé.

Le moteur cala et refusa de redémarrer.

Ils se retrouvèrent comme des marins échoués sur un récif au milieu d'un océan.

Duncan dit qu'il était désolé. Les trois autres lui répondirent que ce n'était pas sa faute, que ça pouvait arriver à tout le monde.

— Et maintenant, que faisons-nous ? demanda Duncan. Pas question de passer la nuit dans la voiture. Sans chauffage, nous allons tous crever de froid.

Robert dit qu'il croyait avoir vu les lumières d'un motel en passant, un ou deux kilomètres plus haut. Il proposa de tenter l'aventure à pied et ses trois compagnons d'infortune en tombèrent d'accord.

Ils sortirent de la voiture pour affronter les gifles du vent et les morsures du froid. Dans la neige gluante, chaque pas coûtait la peine de dix. Les flocons qui tournoyaient dans l'air transformaient la nuit en mélasse grise. La lumière jaunâtre qui tombait des lampadaires éblouissait sans éclairer.

Après vingt minutes de marche et alors que certains commençaient à désespérer, ils arrivèrent en vue de la Terre promise : un motel ordinaire, ni luxueux ni minable.

Robert partit en éclaireur et revint avec ce qu'il désigna comme une bonne nouvelle et une mauvaise.

— La bonne d'abord, demanda Erika.

— Ils ont des chambres.

— Et la mauvaise ?

— Ils n'en ont que deux.

— C'est parfait, proclama Duncan. Une chambre pour Erika et Bob, une pour Alex et moi – il ne nous en faut pas davantage.

À la perspective de partager une chambre avec Robert, Erika poussa un petit cri de souris. Mais, le plus sidéré, ce fut Robert lui-même.

— Ah ça, dit-il en se tournant vers Erika, tu préfères peut-être dormir dans la même chambre que ton fiancé ?

— Fiancé ? s'écrièrent en chœur Duncan et Alex.

— Fiancé ? s'écria également Erika. Quel fiancé ?

— Eh bien, Duncan, répondit Robert.

Duncan et Alex échangèrent des sourires de connivence tandis qu'Erika éclatait de rire, carrément, malgré le froid, la fatigue, l'énervement et le reste.

— Où as-tu pris que Duncan était mon fiancé ?

— Je, euh, je ne sais pas, bredouilla Robert, penaud. J'ai supposé...

— Supposé ? De quel droit !

Il chercha à finasser.

— Pas supposé : *déduit*.

— *Déduit ?* De mieux en mieux, monsieur le matheux ! Et à partir de quels éléments ?

— Je ne sais plus, dit Robert. Des choses que j'ai comprises de travers. Mais, poursuivit-il en s'adressant cette fois à Duncan, le mariage auquel vous allez...

— C'est celui de ma sœur.

Robert se retourna vers Erika.

— Donc, tu ne vas pas épouser Duncan ?

— Ça ne risque pas d'arriver, intervint Alex. Vu que Duncan est déjà marié... avec moi... enfin, façon de parler.

À ce stade, Robert eut l'impression que l'univers entier se payait sa tête.

— Hé oui, ils sont gays, dit Erika. Tu ne t'en étais pas aperçu ? Quel flair !

— Donc, tu ne vas pas épouser Duncan ? répéta mécaniquement Robert.

C'était décidément tout ce qui l'intéressait.

— Non, répondit Erika, non, je ne vais pas épouser Duncan. Mais je ne vois pas en quoi c'est important pour toi.

Il le lui aurait expliqué mais elle ne lui en laissa pas le loisir. Sur un ton rendu terrible par une rancune de dix ans, elle ajouta :

— Tu as tes *obligations,* pas vrai ? Tes *buts* ! Tes *rêves* !

4

Erika se résigna à cohabiter avec Robert lorsqu'elle sut qu'il s'agissait d'une chambre à deux lits. Mais tandis qu'elle montait l'escalier derrière lui, le souvenir de leurs étreintes lui revint en mémoire. C'était dans les bras de Robert qu'elle avait vécu ses plus beaux moments, éprouvé la plus grande volupté. Et elle eut envie de faire l'amour avec lui – ne serait-ce qu'une fois.

La chambre était standard, avec des lits jumeaux, une table, une chaise, une armoire. Erika posa son sac sur le lit le plus proche. Et puis, elle jeta un coup d'œil au triste papier peint et au sempiternel paysage accroché au mur dans un cadre en bois blanc. Tant de banalité la rendit encore plus sensible à la seule chose extraordinaire dans la pièce : la présence de Robert.

— Ce n'est pas un Toulouse-Lautrec, dit-il.

Elle se retourna, surprise qu'il se souvienne de son peintre préféré. Adossé au mur, les bras croisés, l'air désinvolte, il était vraiment très beau et… appétissant.

— Non, murmura-t-elle sans cesser de le dévorer des yeux.

— Tu peins toujours ?

Elle hocha la tête.

— Oui, aussi souvent que je peux. En ce moment, j'expose dans quelques petites galeries. Mais mon travail au musée me prend beaucoup de temps.

— Tu travailles dans un musée ?

— Oui, à l'*Art Institute* de Chicago. Ils ont une belle représentation de la peinture française. Et moi, c'est ma spécialité.

Il parut surpris et elle supposa qu'il ne s'était pas attendu à ce que ses études à l'école des beaux-arts lui permettent de décrocher un *vrai* travail. Après tout, qu'avait-elle fait d'autre que des *barbouillages multicolores sur des bouts de toile* ?

— Et toi ? demanda-t-elle. Que fais-tu dans la vie ?

— Je travaille dans une banque, comme tu dois t'en douter. Je viens d'être nommé sous-directeur.

— Tu es heureux, alors ?

Robert pensa à son duplex, ses deux voitures, sa Rolex, ses bagages Vuitton, ses costumes Armani, ses chaussures John Lobb, ses cravates Hermès et répondit :

— Oui. Mais tu dois être frigorifiée, ajouta-t-il aussitôt sur un autre ton. Tu devrais aller prendre une bonne douche.

— Tu as raison, c'est une bonne idée.

Lorsqu'elle émergea de la salle de bains, cinq minutes plus tard, enroulée dans une grande serviette blanche, il était déjà déshabillé et couché.

— Tu as l'air bien installé, dit-elle sur un ton amusé.

En vérité, il n'était pas si à l'aise que ça. À l'idée qu'elle était nue sous cette serviette, son désir s'était allumé et, à présent, il était surtout inquiet que son sexe soulève son drap comme le légendaire *piquet de tente.* De plus, la serviette laissait voir les épaules d'Erika et ses jolis mollets et ses fines chevilles – ce qui n'était pas fait pour arranger les choses.

Elle tapa son oreiller avec beaucoup trop de vigueur.

— Ce n'est pas permis par les conventions de Genève de bourrer de coups de poing un oreiller sans défense, dit Robert.

Elle s'arrêta brusquement et se tourna vers lui.

— J'ai… j'ai une proposition à te faire, dit-elle. Si ça te semble hors de propos, n'hésite pas à me le dire. Euh, voici…

Elle prit une profonde inspiration, ce qui eut pour effet de rejeter en arrière ses jolies épaules.

— Eh bien ? dit Robert.

— Eh bien, j'ai envie de faire l'amour avec toi. *Maintenant.*

Robert resta sans voix. C'était trop beau ! S'était-il endormi pendant qu'elle était sous la douche ? Était-il en train de rêver ?

— D'accord, je n'aurais pas dû dire ça, s'empressa-t-elle d'ajouter. C'est à cause de toutes ces péripéties. Je ne suis plus dans mon état normal. Et puis, de t'avoir revu, ça m'a rappelé tant de souvenirs… J'aurais mieux fait de me taire… Je suis à cran mais ça va passer… Je ne voudrais pas que tu penses que…

Tandis qu'Erika parlait, parlait, Robert repoussa ses couvertures, se leva d'un bond et vint la prendre dans ses bras.

— Je ne pense rien, dit-il. À part le fait que j'ai envie de toi et que, s'il est vrai que tu as envie de moi aussi, tout est pour le mieux dans le meilleur des mondes possibles.

Il dénoua la serviette comme on ouvre un cadeau de Noël.

5

Le lendemain matin, Erika et Robert n'eurent guère le temps de se parler car Duncan les appela au téléphone pour les avertir qu'il avait loué une nouvelle voiture.

Une dépanneuse était allée chercher le bien nommé *tacot* et l'avait remorqué jusqu'au motel pour qu'ils puissent récupérer leurs bagages.

Une fois réglés tous les problèmes d'intendance, ils s'entassèrent dans la nouvelle voiture, qui était une Rolls en comparaison de l'ancienne.

Le temps, en ce jour de Noël, était ensoleillé, la route dégagée. Robert et Erika avaient de nouveau pris place à l'arrière. Sauf que cette fois Erika somnolait paisiblement sur l'épaule de son voisin.

À plusieurs reprises, Duncan et Alex se retournèrent, curieux de savoir où en étaient leurs amours.

Robert aurait aimé pouvoir le leur dire mais il n'en savait rien lui-même. Erika n'avait pas proposé de le revoir. Et il n'avait pas osé le suggérer. Il lui avait dit d'horribles choses il y a dix ans. Des choses qu'elle n'avait pas oubliées. Et qu'elle n'avait peut-être pas pardonnées. La nuit d'amour qu'elle lui avait offerte n'était peut-être qu'un cadeau d'adieu.

Lorsque Duncan arrêta la voiture devant la maison des parents d'Erika, Robert se contenta de descendre pour ouvrir le coffre et lui donner sa valise.

Erika remercia Duncan et Alex.

— J'espère que ta sœur ne t'en voudra pas trop d'arriver en retard à ses noces, dit-elle à Duncan.

Il haussa les épaules.

— C'est son troisième mariage. Pour me racheter, je tâcherai d'être à l'heure au prochain.

Robert l'accompagna jusqu'au seuil de la maison comme il l'avait fait si souvent jadis.

— Joyeux Noël, lui dit-il.

— Toi aussi.

Le sourire d'Erika était crispé. Robert n'aurait su dire si c'était parce qu'elle le quittait à regret ou parce qu'elle le quittait à jamais.

— Je suis heureux de t'avoir revue, dit-il.

Les mots ne convenaient pas ; ils étaient loin de décrire ce qu'il avait ressenti. Mais il n'ajouta rien.

— Moi aussi, murmura-t-elle. Au revoir, Bob.

— Au revoir, Erika.

Elle entra dans la maison et il retourna dans la voiture.

— Ça va ? lui demanda Duncan d'une voix inquiète.

Apparemment, sa misère se lisait sur son visage.

— Oui, merci.

— N'oubliez pas : si on veut vraiment quelque chose, il ne faut pas avoir peur de se battre pour l'obtenir, lui dit Alex.

Et puis, il caressa l'épaule de Duncan.

Robert vit ce geste et resta pensif un instant.

Et soudain, tout devint clair à ses yeux. L'ambition, c'est bien. Mais ce n'est pas ça qui vous tient chaud la nuit. Le vrai succès ne se mesure pas en espèces sonnantes et trébuchantes. Dans la vie, ce qui compte vraiment (même si c'est bête à dire), c'est l'amour.

Duncan s'apprêta à passer la première.

— Non, attendez une seconde, dit Robert en rouvrant la portière. Vous avez raison, j'y retourne.

Lorsque la sonnette retentit, Erika dit à ses parents de ne pas se déranger et elle alla ouvrir.

— Bob ! murmura-t-elle en le voyant sur le seuil.

— Oui, c'est moi. Je m'aperçois que j'ai oublié de te dire quelque chose. J'ai oublié de te dire que tu avais raison sur toute la ligne. Quand tu m'as dit que j'avais changé, que je ne pensais qu'à la réussite sociale. C'était vrai. J'ai réussi et j'ai découvert que la réussite ne sert à rien si l'on est seul.

Après une pause, il ajouta :

— Les seules choses qui rendent heureux sont celles qu'on partage.

Elle hocha la tête et attendit qu'il continue.

— Je te demande pardon, Erika. Je te demande pardon pour le mal que je t'ai fait. Pour les horribles choses que j'ai dites sur ton école, ta vocation, ta peinture. Je te demande pardon pour avoir manqué d'égards envers toi, pour avoir été égoïste et borné.

Il attendit qu'elle parle. Mais que pouvait-elle répondre à cela ?

— Tes excuses me touchent beaucoup.

— Erika ?

Il lui prit les mains et les serra instamment dans les siennes.

— Erika, je ne veux pas que tu me passes par pertes et profits. Je ne veux pas que tu m'oublies. Tout ce qui fait ma vie, je veux le partager avec toi. Je veux passer le reste de ma vie avec toi.

Elle le regarda fixement. C'était ce qu'elle avait toujours rêvé d'entendre – et elle n'osait pas y croire.

Pourtant, il avait l'air sérieux. Il la voulait pour femme. Le cœur d'Erika se mit à battre à tout rompre.

— Erika, dit-il anxieusement, tu me tues. Je t'en conjure, donne-moi une deuxième chance. Je t'aime. Je ne peux pas me permettre de te perdre une seconde fois.

Elle lui répondit de la façon la plus éloquente qui soit : en se jetant à son cou.

— Oui, dit-elle, oui.

Ils s'embrassèrent.

— Je t'aime, Erika, je t'aime tant.

— Moi aussi, je t'aime, je t'ai toujours aimé.

— Et tu me pardonnes d'être le roi des imbéciles ? Tu me pardonnes les années perdues ?

— Oh, ça, j'ai l'intention de te le faire payer.

— Ah ?

— Mouais. Chaque nuit.

— Ce ne sera que justice, dit-il en souriant. Il faut que je paie. Intérêts et capital. Ce sont des choses que je sais par cœur. Je suis banquier.

Elle éclata de rire et l'embrassa encore.

— Maintenant, fais-moi entrer, dit-il ensuite. Nous allons présenter à tes parents ton futur mari.

Elle le prit par la main, entremêla leurs doigts et l'attira à l'intérieur de la maison.

La porte se referma doucement.

Duncan et Alex, qui n'avaient pas perdu une miette de ce touchant spectacle, échangèrent un sourire plein de bonté – un sourire d'anges gardiens.

KATHERINE GARBERA

Comment séduire un rabat-joie ?

1

Mercredi, 24 décembre

Jackson Peterson sourit en voyant que Krista Miller avait répondu par retour à son e-mail. Krista était une fille fiable. La seule à garder la tête froide alors que tout le reste de l'équipe ne pensait que sapin, guirlandes, bougies et tout.

Il déchanta en lisant le message : « Je suis en vacances jusqu'au 2 janvier. En cas d'urgence, contacter Elvire, à l'adresse suivante : *elviretoupardessubor@bienlebonjour.com.* »

C'est pour ça qu'il détestait les fêtes de fin d'année. C'est pour ça que tout le monde au bureau l'avait surnommé « L'Assassin du Père Noël ». Il avait compté sur les documents chiffrés que Krista avait rassemblés pour lui. Il en avait besoin pour finir son rapport. Maintenant, les chiffres, il allait devoir les retrouver tout seul !

Il le savait pourtant, qu'il ne faut jamais dépendre des autres. À Noël, les gens se laissent prendre par l'ambiance et oublient tout le reste. Seulement, il n'aurait jamais cru que Krista était comme eux. Jusqu'ici, il avait toujours pu compter sur elle.

Un *toc-toc* contre le chambranle lui fit lever la tête. Dans l'encadrement de la porte, juste au-dessous du bouquet de houx qu'un mauvais plaisant avait accroché au linteau, se trouvait Krista, une bouteille de champagne dans une main, deux flûtes dans l'autre.

— Je cherche M. L'Assassin du Père Noël. Vous ne l'auriez pas vu, par hasard ?

— Qu'est-ce que c'est que ce mail idiot ? demanda Jackson d'une voix courroucée. Je te croyais partie.

— Tu étais bien embêté, hein ? demanda-t-elle en entrant dans le bureau d'un pas conquérant.

— Ma foi oui.

— Et comment te sens-tu maintenant ?

Elle posa les deux verres sur le bureau et les remplit.

— Je me sens comme quelqu'un qui voudrait bien que tu arrêtes de transformer mon bureau en bistrot ! Qu'est-ce que c'est que ça ?

— Du brut millésimé…

— Et puis, je voudrais que tu arrêtes de perdre du temps et que tu me dises pourquoi tu es d'humeur à picoler au lieu de m'apporter les chiffres dont j'ai besoin et qui devraient se trouver sur mon bureau depuis… (il regarda sa montre) depuis deux minutes.

Elle prit une gorgée dans un verre et lui tendit l'autre.

— Bois un coup pendant que je t'explique, dit-elle. En fait, tu aurais peut-être préféré quelque chose de plus fort mais formellement nous sommes au travail, alors j'ai décidé de m'en tenir à quelque chose qui a l'aval de la direction du personnel. Tchin-tchin ! Et vive Noël !

— Je n'ai pas envie de boire à ça, bougonna-t-il.

Il avait cru que Krista était une âme sœur. Une accroc du boulot, comme lui, qui aimait mieux abattre de l'ouvrage que de vider des verres.

— On va le savoir que tu n'aimes pas Noël ! Et c'est précisément pour ça que je suis ici. J'ai conçu un plan *diabolique* pour te forcer à oublier ton personnage de rabat-joie l'espace une soirée.

Il accepta finalement le verre qu'elle lui tendait et but une gorgée. Il y avait quelque chose de sexy dans la manière qu'elle avait de dire *diabolique*.

Non, en vérité, *tout* en elle était sexy.

C'est d'ailleurs pour ça qu'il avait envie d'elle depuis la première fois qu'il l'avait vue, six mois plus tôt.

Mais il était de la vieille école, celle qui a la pudeur de ses sentiments.

— Je suis impatient d'entendre la suite, dit-il.

— Eh bien, je t'annonce que tu vas être la victime d'un odieux chantage, Jackson. Les chiffres dont tu as un besoin urgent, je ne te les donnerai qu'après que tu auras dîné avec moi.

— Et pourquoi me ferais-tu chanter, ma jolie ?

— Parce que je voudrais que tu arrêtes de te focaliser sur ton travail et que tu profites un peu de la vie.

Jackson ricana.

— Il y a plus simple, dit-il. Tu me donnes les chiffres, je finis mon rapport en moins de deux et puis, je sors d'ici et je vais profiter de la vie.

— Non, ce n'est pas ce que tu ferais. Aussitôt que tu auras fini ton rapport, tu commenceras une étude de marché ou autre chose.

Comme elle le connaissait bien !

Depuis quand était-il devenu aussi prévisible ?

La plupart de ses subordonnés ne voyaient en lui qu'un chef intraitable qui les récompensait avec des grosses primes deux fois l'an.

Pourquoi pas elle ?

Krista vit qu'elle avait touché le point sensible.

Il sauvegarda le tableau de chiffres sur lequel il était en train de travailler et passa ses doigts dans son épaisse chevelure noire.

Il faisait toujours ça quand il réfléchissait à un problème ardu.

— Alors, qu'est-ce que tu en dis ? demanda Krista alors que le silence s'éternisait.

— Ça dépendra de tes exigences.

Elle se mit à marcher de long en large.

— Voilà, toi et moi, nous sortons d'ici. Je te conduis dans un restaurant où j'ai déjà retenu une table. Nous réveillonnons en tête à tête. Ensuite, nous revenons ici. Je te donne les documents. Et puis, on va se coucher.

— Ensemble ou séparément ?

— Ça dépendra de toi.

Jackson plissa les yeux.

— Si tu voulais sortir avec moi, tu pouvais le demander plus tôt, fit-il remarquer. Ce n'est pas dans la politique de la boîte de décourager la fraternisation entre les employés.

À dire vrai, elle n'avait pas l'habitude d'inviter les hommes. Elle était très jolie et ne manquait pas d'admirateurs. Mais elle avait fini par comprendre que Jackson ne ferait jamais le premier pas.

— Arrête de chipoter ! dit-elle. Décide-toi ! Le choix est simple : ou bien tu passes deux heures avec moi, ou bien tu en passes dix ou douze à tout recalculer.

Jackson sourit d'un air serein.

— Pour que j'accepte, il va falloir que tu fasses quelques concessions.

— Il n'y a rien à négocier. Pourquoi est-ce que je négocierais ? Il n'y a pas de raison de compliquer les choses.

— Les maîtres chanteurs préfèrent toujours la simplicité. Mais, en tant que maître chanté…

— Maître chanté, ça existe, comme mot ?

— Je n'en sais rien. Je suis fort en chiffres, moi, pas en lettres. Bref, voici mes conditions. Je veux voir les documents avant de partir. Je ne les rentrerai pas dans mon ordinateur mais je veux être sûr qu'ils existent, que je ne sacrifie pas pour rien. Ensuite, nous partirons vers ta destination mystère. Après ça, on verra.

Krista ne fut pas autrement surprise par cette petite tirade. Ce n'était pas dans le tempérament de Jackson de laisser longtemps l'initiative à quelqu'un d'autre.

— C'est bien gentil, tout ça, dit-elle, mais comment pourrais-je être sûre que tu vas tenir ta parole ?

— Tu m'as déjà vu trahir une promesse ?

Elle fut bien obligée d'admettre que non. Convaincue, elle sortit de sa poche une clé USB et la lui tendit. Mais, lorsqu'il voulut s'en saisir, elle la retira au dernier moment. Il la questionna du regard.

— J'ai une dernière condition à fixer, expliqua-t-elle.

— Quoi encore ?

— On ne parle pas boutique pendant le dîner.

— Krista, tu ne peux pas avoir de nouvelles exigences toutes les cinq minutes !

— Bien sûr que si, je peux ! J'ai une chose que tu veux.

— Krista, ma belle, tu as *beaucoup* de choses qui me font envie.

Le regard de Krista brilla d'une étrange lueur.

— Ah oui ? Lesquelles ?

— Je te le dirai plus tard. Maintenant, aboule.

Elle lui donna la clé USB et pendant qu'il en vérifiait le contenu, elle s'assit sur un fauteuil et croisa ses longues jambes. Elle portait des chaussures à hauts talons.

— J'ai filé mon bas ? demanda-t-elle soudain.

— Non, pourquoi ?

— Tu regardes mes jambes.

— Parce qu'elles sont belles.

— Merci. Il était temps que tu t'en aperçoives.

— Par contre, j'ai l'impression que tes jupes n'arrêtent pas de raccourcir.

— Tu crois ?

Il regarda l'écran de son ordinateur, s'assura que tout était en ordre.

— Tu le sais très bien. En fait, j'avais même envisagé d'en parler au D.R.H.

— De quoi ?

— Des libertés que tu prends avec le code vestimentaire en vigueur dans la boîte.

— Je n'ai pas enfreint le règlement, je suis tout à fait décente.

— De ton point de vue, peut-être. Mais je te garantis que les hommes qui te voient avec ta jupe au ras des fesses, tes bas noirs et tes souliers à hauts talons, ils pensent à tout sauf au business.

— Les hommes ? Quels hommes ?

— Tous.

— Tous ? Même l'Assassin du Père Noël ?

— Pour être exécrable, je n'en suis pas moins homme, chère Krista, conclut Jackson.

Il éteignit son ordinateur.

2

Le restaurant était décoré comme il convient. Des haut-parleurs cachés dans les boiseries diffusaient de la musique de Noël, joyeuse sans être envahissante. Autour d'eux, il y avait des familles et des couples et, pour une fois, le célibataire Jackson éprouva une pointe de nostalgie.

Un immense sapin trônait au milieu de la pièce et, la chance aidant, ils étaient bien placés pour le voir.

— C'est joli ici, n'est-ce pas ? dit Krista. C'est la première fois que j'y viens. C'est Shannon qui me l'a recommandé, tu sais, la grande brune qui travaille au contentieux ?

— Tu ne lui as pas dit ce que tu avais en tête ? demanda Jackson, inquiet et mécontent à l'idée que quelqu'un d'autre puisse être au courant de ce canular.

— Tu ne me crois pas capable de ça ?

Elle semblait froissée. Il haussa les épaules.

— Non, je ne t'en crois pas capable.

— Eh bien, je t'en sais gré.

Le serveur s'approcha. Krista commanda un Bellini et Jackson un scotch sec et sans glace.

— Ma mère est italienne, dit Krista. Nous mangeons toujours des fruits de mer au réveillon, c'est une tradition. C'est un peu pour ça que j'ai choisi cet endroit. Parce qu'on y sert des plats traditionnels. J'espère que tu aimes les fruits de mer ? Sinon, il y a des viandes.

— Non, non, j'aime bien les fruits de mer, assura-t-il.

— Tant mieux ! dit Krista en souriant. Et toi, tu as des traditions ?

En rapport avec Noël, aucune. Sa famille était dispersée aux quatre coins du pays, alors, pour les réunions de famille…

— Non, je préfère la nouveauté.

— Comme quoi ?

— Des projets, des trucs, répondit-il évasivement.

— Le travail, toujours le travail ! Tu n'as jamais peur de te métamorphoser en une colonne de chiffres ?

La remarque de Krista l'amusa un peu et l'étonna beaucoup. Les gens le trouvaient si triste que ça ?

— Tous les ans, en mai ou en juin, je prends quinze jours de vacances et je fais un voyage.

— Tu vas où ? voulut-elle savoir.

— Ici ou là, selon mes caprices du moment. En tout cas, dans des endroits ensoleillés.

— J'aime bien le soleil, moi aussi. Mes parents ont un appartement en Floride et on s'y retrouve tous en août.

— Où ça ?

— À Fort Pierce, du côté de l'océan Atlantique.

Il se représenta facilement Krista au milieu de sa famille et de ses amis, avec sa bonne humeur communicative.

— Et toi, tu pars seul ?

— En principe, l'un de mes frères vient avec moi.

— Tu as des frères ? demanda-t-elle sur un drôle de ton, mi-surpris mi-indigné.

— Je ne devrais pas ?

— Pourquoi ne m'en as-tu jamais parlé ?

Il haussa les épaules. On n'a pas forcément envie de parler de ses frères avec une jolie femme. Il y a tant d'autres sujets de conversation !

— Bon, j'ai deux frères. Dan et Patrick. Le plus jeune, Patrick, c'est lui qui part en vacances avec moi...

— Vous êtes très proches ?

— On peut dire ça. Mais pourquoi parlons-nous de mon frère depuis cinq minutes ?

— Parce que ! répondit-elle. Tes vacances avec lui, ça ressemble à une tradition, non ?

— Tu insistes ! dit-il avec un soupir agacé.

Où voulait-elle en venir ? D'accord, il ne vivait pas comme l'Américain moyen. Ça ne voulait pas dire qu'il était anormal.

— Oui, admit Krista, je suis tenace quand je veux quelque chose et, là, j'essaie de savoir ce qui fait courir Jackson Peterson.

— Tu commences à être casse-pieds, dit-il en s'efforçant de sourire.

— Ce n'est pas très gentil.

— Et alors ?

— C'est une réponse, ça ?

— La seule qui convienne avec une femme comme toi.

Le serveur arriva. Krista lui demanda des conseils, sourit, fit la charmante. Jackson eut l'impression qu'elle flirtait avec lui et n'apprécia pas. Le pincement de cœur qu'il ressentit ressemblait bigrement à de la jalousie.

— Jackson ?

— Hein ?

— Tu veux un hors-d'œuvre ?

— Oui, répondit-il sans faire attention aux détails du menu.

C'était la première fois qu'il sortait avec quelqu'un du bureau. Jusque-là, il s'en était abstenu pour éviter les complications. Krista faisait exception. Mais elle en valait la peine.

Le serveur nota la commande et s'en alla.

— Quelque chose qui ne va pas ? demanda-t-elle en voyant sa mine soucieuse.

— Non, j'essayais d'imaginer ce qui peut faire courir Krista Miller.

— Prends garde à ne pas te faire traiter de casse-pieds.

— Je me fais traiter d'Assassin du Père Noël, ce n'est pas mieux.

— Ça te chagrine ?

— Il en faudrait plus pour me chagriner.

— Je ne te crois pas.

— Ma mignonne, je ne suis jamais chagriné par rien. Il y a des choses qui me foutent les boules, ça oui – mais aucune qui me *chagrine,* comme tu dis.

— Ah, je comprends : simple question de vocabulaire ! Tu crois en l'amour ?

Pris au dépourvu, il resta bouche bée. Il ne s'était jamais interrogé sur l'amour. Il avait de l'affection pour ses parents et ses frères mais il se disait que c'était dans la nature humaine. À part ça, il avait connu le désir. Et, parfois, l'amitié. Mais l'amour ? Personne ne savait ce que c'était.

— L'amour ? répéta-t-il. Oui, j'y crois autant qu'au Père Noël.

Krista ferma les yeux et s'adossa à sa chaise. Jackson aurait préféré répondre autrement mais le mensonge n'était pas son fort. Il valait mieux qu'elle sache à quoi s'en tenir avant de nourrir des espérances qu'il était incapable d'exaucer.

Krista changea de sujet et ils finirent leur repas sans parler beaucoup.

3

La maison parut soudain toute petite avec Jackson dans le vestibule. Krista avait tellement envie de cet homme qu'elle ressentait toute chose avec une intensité presque douloureuse.

Elle s'y reprit à plusieurs fois pour accrocher son manteau à la patère, tant ses mains tremblaient.

— Je suis nerveuse de te voir enfin ici, dit-elle en guise d'excuse.

— *Enfin ?* Ça veut dire qu'il y a longtemps que tu en veux à ma vertu ?

En rosissant un peu, Krista s'avança dans le salon et alluma les lumières. Jackson admira le décor. Elle avait un sapin de Noël dans un coin, des guirlandes au plafond.

— Pas mal, le salon, dit-il. Mais c'est la chambre qui m'intéresse.

— Tu vas vite en besogne.

— Avec les nanas dans ton genre, c'est la seule façon de procéder.

— C'est quoi, les nanas dans mon genre ?

— Moitié femme fatale, moitié maîtresse chanteuse.

— Maîtresse chanteuse ? Ça se dit ?

— Ça devrait.

Elle le regarda en souriant d'un air gourmand et annonça :

— À partir de maintenant, c'est moi qui commande.

Joignant le geste à la parole, elle le prit par la main et l'emmena dans la chambre. Après avoir allumé une lampe, elle se retourna vers lui.

— Déshabille-toi ! ordonna-t-elle.

Sans regimber, il obéit, commençant par ôter sa veste et sa chemise. Pendant qu'il restait penché pour enlever le reste, elle se déshabilla si vite que, lorsqu'il se redressa, il la trouva nue sur le lit.

C'était la plus belle femme qu'il ait jamais vue. Médusé, il serait peut-être resté à l'admirer jusqu'à la fin des temps. Mais, ouvrant bras et jambes, elle s'offrit.

— Maintenant, prends-moi, dit-elle d'une voix sourde.

Comme il avait du mal à s'arracher à sa contemplation, elle insista :

— Dépêche-toi !

— Oh non ! répondit-il, revenu à lui. Oh non, pas question de se dépêcher. J'ai bien l'intention de te savourer.

Une heure plus tard, Jackson ne voyait plus les choses de la même façon. Qu'y avait-il de changé ? Il n'en savait rien. Lui qui analysait toujours tout, avec Krista dans ses bras, entièrement nue, il n'arrivait pas à former une seule idée claire.

Elle poussa un soupir de contentement.

— On peut dire que tu sais y faire avec les maîtresses chanteuses, murmura-t-elle.

— Je me suis appliqué.

— Tu te sens changé ?

— C'était ton intention ?

— Oui.

— Alors, tu as réussi.

Elle se mit à ronronner de bonheur.

— Ne te méprends pas, dit Jackson. Je ne vais pas devenir moins exigeant. Tu seras toujours obligée de justifier ton salaire jusqu'au dernier centime. Mais, une chose est sûre : je ne ferai plus des journées de travail de vingt-quatre heures ni des semaines de six jours et demi.

— À quoi vas-tu passer ton temps ?

— À te divertir du mieux que je pourrai.

Elle fit un grand sourire.

— Quel beau programme !

Il la regarda ; il ressentait de drôles de choses quand il la regardait, des choses qu'il n'aurait pas pu décrire. C'était confus mais ça lui faisait battre le cœur et ça lui serrait les entrailles. Au fond de lui-même, il savait que s'il la perdait… Non, il préférait ne pas penser à ce qui se passerait s'il la perdait maintenant !

— Tu sais, lui dit-elle, ne te sens pas obligé de rester parce que je t'ai fait *maître chanter.*

— Ce n'est pas pour ça que je reste.

— Tu es sûr ?

— Oui. La vérité, c'est qu'il y a longtemps que j'ai envie de toi. Depuis la première fois que je t'ai vue.

— Alors, pourquoi a-t-il fallu que ce soit moi qui fasse le premier pas ?

— Parce que ! répondit-il. Mais, maintenant que tu m'as conquis, tu n'es pas près de me perdre. Je ne suis pas un poète. Je n'arriverai jamais à le dire de la façon dont tu souhaiterais l'entendre mais j'ai envie de toi.

— C'est sexuel ?

— Oui, c'est sexuel. J'ai envie de faire l'amour avec toi. Tu as le plus beau corps que j'aie jamais vu et la plus accueillante petite… *hum !*… Mais il y a aussi ton sourire, ton regard… Et puis, j'ai envie de t'entendre parler et rire tous les soirs au dîner.

— Je ne sais pas cuisiner.

— Moi, je sais.

— Le plus beau, c'est que ça ne m'étonne pas !

Elle était grisée par les douces paroles de Jackson comme elle l'avait été tout à l'heure par ses caresses et ses baisers.

— Quel charmant petit couple nous allons former, murmura-t-il.

— Oui. Et n'oublie jamais que tout le mérite m'en revient, dit Krista. C'est moi qui t'ai trouvé, c'est moi qui t'ai amené dans ma tanière, c'est moi qui t'ai séduit.

Épilogue

Samedi, 14 février

Krista vit que Jackson avait répondu à son e-mail. Elle savait qu'il était encore à son bureau. Il était presque 6 heures du soir et ils avaient prévu de passer la soirée ensemble : aujourd'hui, c'était la Saint-Valentin.

Elle ouvrit le mail et lut : « Je suis en vacances jusqu'au 38 février. En cas d'urgence, contacter Yvon, à l'adresse suivante : yvon.oski@cenfoulamor.com. »

Qu'est-ce que ça voulait dire ?

Où était-il passé ?

Un *toc-toc* contre le chambranle lui fit lever la tête. Dans l'encadrement de la porte se trouvait Jackson, une bouteille de champagne dans une main, deux flûtes dans l'autre, dont l'une avait un ruban de velours noir attaché à son pied.

— Entre, chéri.

— Tu as bientôt fini, chérie ?

Il s'avança dans le bureau d'un pas vif et dansant.

— Oui. J'en ai encore pour cinq minutes.

Il s'assit sur un coin du bureau et fit le service pendant qu'elle sauvegardait ses documents et fermait ses fichiers.

Il lui tendit la flûte avec le ruban de velours et, en la prenant, elle s'aperçut qu'il y avait une bague attachée à ce ruban.

Jackson s'agenouilla devant elle.

— Krista, veux-tu m'épouser ? Si tu dis oui, je te promets un Noël par an et une vie pleine d'amour, de rire... et de grosses journées de boulot.

— Oui, répondit-elle en l'incitant à se relever. Oh ! là, là ! oui !

KYLIE ADAMS

Un amour au pied du sapin

Prologue

De : p'titetina@aol.com
à : rachel@earthlink.net
Objet : Tu peux décommander les mariachis

Rachel,

Il n'y a pas de façon délicate de te dire ça, alors, je vais y aller carrément. Ton fiancé, Mike Mason, est un salaud. J'en ai la preuve. Ce n'est pas joli-joli. C'est même moche-moche. Mais il faut que tu voies ça. À moins que tu ne veuilles faire comme beaucoup de filles, tu sais, celles qui commandent les fleurs, l'orchestre, le traiteur, et qui vont faire les essayages de la robe quoi qu'il arrive parce qu'elles préfèrent avoir un mauvais mari que pas de mari du tout. Mais je sais que tu n'es pas ce genre de fille. Voici : hier soir, j'ai reçu un e-mail de mon ex, David. C'est le mec avec qui je suis sortie pendant quelques mois avant de rencontrer Kent. J'avais rompu avec David parce qu'il était toujours fourré sur des sites pornos. Bref, David a vu par hasard ton Mike sur un des sites dégoûtants qu'il fréquente. Il l'a reconnu parce qu'il l'avait déjà vu, la fois où nous étions allés tous les quatre à un concert de jazz. Je te donne l'adresse du site :

http://banquiersenfolie.com/toutlemondeàpoil/mike.video

Vas-y voir, *pour ton bien.*
N'hésite pas à m'appeler si tu as besoin de parler.
Tina

1

— Rachel, j'ai appris pour tes fiançailles. C'est triste, dit Louis.

Il finit de boutonner son gilet et s'écarta pour la laisser passer.

— Merci, Loulou. Oui, c'est triste. Mais la vie continue.

Rachel glissa sa carte dans la pointeuse. *Aïe !* Elle était un peu en retard. Owen allait se faire une joie de lui retenir un quart d'heure sur sa paye.

— Quand une fille découvre que son mec la trompe, le meilleur remède, c'est de lui rendre la pareille, dit encore Louis. Si tu veux quelqu'un, ne cherche pas plus loin, je suis là.

Stupéfaite, Rachel se demanda s'il plaisantait.

Mais il la regardait sérieusement, comme quelqu'un qui viendrait d'offrir l'hospitalité à un cousin éloigné, de passage en ville.

Rachel sourit. Louis avait vingt-deux ans, l'âge où les garçons parlent avec leur testostérone.

— Merci. C'est très gentil de ta part. Mais je crois que je vais passer mon tour.

— C'est moi qui ne vois pas clair ou bien la relève, c'était il y a dix minutes ? hurla Owen, sans qu'on sache exactement où il était ni à qui il s'adressait.

Rachel et Louis sortirent du vestiaire et se dépêchèrent d'aller prendre leur place derrière le bar du *Rush Hour,* un café à la mode dans le quartier de SoHo à New York.

— Excuse-moi, je suis en retard, dit Rachel à Sabrina, qui venait de finir le mortel « minuit-8 heures ».

— Oui, prends ma place avant que j'étrangle cette salope, dit Sabrina entre ses dents. Elle se comporte comme si je n'étais pas fichue de préparer un cappuccino !

Sabrina parlait de l'une des habituées du *Rush Hour* – une influente et ombrageuse rédactrice du magazine *Vogue.* Avec elle, on avait toujours l'impression que, si son cappuccino à l'arabica guatémaltèque n'était pas préparé dans les règles de l'art, la vaisselle allait voler.

— Je m'en occupe, dit Rachel en riant sous cape. File ! Va dormir.

Elle prit le relais et donna son cappuccino cent pour cent Huehuetenango à l'arbitre des élégances new-yorkaises.

C'est là qu'il s'approcha du comptoir.

Chase McCloud.

Aussitôt, le cœur de Rachel se mit à battre aussi vite que celui d'un petit oiseau. C'était incroyable. Chaque fois qu'elle le voyait, elle le trouvait plus beau. Aujourd'hui, par exemple, dans son vieux blouson de cuir, son tee-shirt Lynyrd Skynyrd, son jean tellement délavé qu'il était presque blanc, ses bottes de moto, Chase McCloud était parti pour briser quelques cœurs. Le bonnet de laine noire qui lui couvrait le front et les oreilles ajoutait encore à son charme parce qu'il accentuait l'éclat de ses yeux bleus.

Chase sourit à Rachel.

— Un frappuccino au caramel, s'il vous plaît, dit-il.

Rachel sourit à Chase.

— Je suis désolée, nous n'en avons plus.

Chase haussa les épaules et sourit, dévoilant des dents parfaites et donnant naissance à quelques fossettes non moins parfaites.

— Alors, je vais prendre comme d'habitude.

C'était leur plaisanterie habituelle. Après tout, le *Rush Hour* était le rendez-vous des vrais amateurs de café. Les autres n'avaient qu'à aller faire la queue dans les minables cafétérias où les serveurs ne savaient pas faire la différence entre un nectar et du jus de chaussette.

Rachel se dépêcha de préparer la boisson favorite de Chase : un ristretto au nicaraguayen. Idéal pour commencer virilement la journée, vu que c'était comme un express, mais avec moitié moins d'eau.

— Et votre deuxième métier, ça marche ? demanda Chase.

— J'ai trouvé un rôle dans une pièce de boulevard, répondit Rachel en baissant les yeux avec modestie. Très, très, très *loin* de Broadway.

Elle rit un petit peu. Il hocha la tête.

— Ça m'est arrivé aussi. Je ne m'en plains pas. Du boulot, c'est toujours bon à prendre… même très, très *loin* de Broadway.

Oh, qu'il était sexy ! Pendant une seconde, Rachel se consacra seulement au plaisir de le regarder.

— Oui, dit-elle. C'est toujours bon à prendre… quand ça dure. Là, on n'en était encore qu'aux répétitions lorsqu'on s'est aperçus qu'il n'y avait déjà plus un sou en caisse. Alors…

Chase regarda en l'air, cherchant ses mots.

— Oh… eh bien, ça m'est arrivé aussi, répondit-il.

Il rit doucement. Rachel l'imita.

— Au fait, avez-vous passé une audition pour *Preuves matérielles* ? demanda-t-il.

Rachel fit signe que non. *Preuves matérielles* était l'une des séries les plus populaires à la télé, pas loin derrière *Les Experts,* le public se passionnant pour les méthodes de la police scientifique. Chase avait un des premiers rôles dans la série. Il jouait Dumphy Grant, un jeune lieutenant de police cool de chez cool, insolent, qui ne laissait jamais passer une occasion de claquer le beignet à ses supérieurs. Du point de vue de Rachel, c'était lui qui faisait le charme de la série et tout plan où il n'apparaissait pas était un plan de trop.

— Il faut une quinzaine de seconds rôles par épisode, dit-il. Achetez un exemplaire de *Coulisses Magazine* et jetez un coup d'œil aux annonces de casting.

Rachel le regardait, fascinée, grisée par la moindre syllabe échappée de ses lèvres.

— Chaque jour de tournage est payé sept cents dollars, poursuivit-il. Et un second rôle demande rarement moins d'une semaine de tournage. Au total, ça fait dans les trois ou quatre mille dollars.

Rachel écarquilla les yeux.

— Je n'avais pas idée que c'était si bien payé.

Chase confirma d'un hochement de tête.

— Avant de décrocher ce rôle dans *Preuves matérielles,* j'ai survécu en faisant des panouilles dans *New York Police judiciaire* et les séries apparentées. J'ai commencé par jouer un avocat dans *New York Police judiciaire* proprement dit, et puis un taulard de *New York Unité spéciale,* et puis le petit-fils d'un diamantaire assassiné dans *New York Section criminelle* et, pour finir, un faux témoin dans *New York Cour de justice.* Tout ça dans la même quinzaine. J'ai payé les quatre mois de loyer que je devais et, avec ce qui m'est resté, j'ai rempli mon frigo. Il était temps, je commençais à en avoir marre des nouilles à l'eau.

Le système nerveux de Rachel était tout doucement en train de s'adapter à la situation. Elle n'avait jamais parlé aussi longtemps avec Chase McCloud. Pourquoi se sentait-il obligé d'être gentil, serviable, encourageant ? Et, avec cette histoire de frigo vide et de nouilles à l'eau, il descendait tout seul de son piédestal et ça le rendait encore plus craquant.

— Une fois, j'ai passé une audition pour la télé. Le directeur de casting m'a dit que j'étais absolument insipide. Je ne savais plus où me mettre. Depuis, je me suis cantonnée au théâtre.

Chase paya son shoot de caféine pure et glissa un billet de dix dollars dans le pot à pourboire.

— Ne vous arrêtez pas à l'opinion de ce type-là ! À mes débuts, une nana m'a dit que j'étais aussi expressif qu'un veau mais que, comme je n'étais pas trop mal foutu, je pourrais toujours tenir des rôles de macchabées dans des scènes d'autopsie. Je ne me suis pas laissé décourager et la chance m'a souri. Comme elle vous sourira, à vous aussi, conclut-il avec un clin d'œil complice.

L'homme qui faisait la queue juste derrière Chase toussota pour marquer son impatience.

— Ça vient, bougonna Chase.

Il commença à s'éloigner. Elle le suivit des yeux. Avidement. Arrivé près de la porte, il se retourna vers elle et lança :

— Achetez *Coulisses Magazine !* Aujourd'hui même. Je vous veux dans le prochain épisode.

Se rendant compte qu'il était en train de provoquer un miniscandale, il sourit d'un air penaud.

— Quel est votre nom de famille, Rachel ?

— Knight, répondit-elle

— Rachel Knight, répéta Chase pensivement. C'est un nom qui sonne bien. Je le vois d'ici au générique !

Sur ces bonnes paroles, il s'en alla.

Rachel se rendit compte qu'elle avait les joues en feu.

— Un double express avec un nuage de lait, si ça n'est pas trop vous demander, aboya le client suivant. Mais, ne vous pressez pas, surtout. Il n'y a jamais que cinq minutes que j'attends.

— Tout de suite, monsieur, répondit suavement Rachel.

Aucun mauvais coucheur n'avait le pouvoir de l'énerver.

Elle était sur un nuage.

Aussitôt après son travail, Rachel courut s'acheter *Coulisses Magazine.* Elle y trouva l'annonce dont Chase McCloud avait parlé, ainsi rédigée :

<u>Casting : Cinéma & Télévision</u>

Type de projet : Télévision
Nom du projet : PREUVES MATÉRIELLES
Lieu : New York
Date de tournage : inconnue
Agence de casting : Silver Screen Studios
Date des auditions : 16 décembre, à partir de 9 heures.
Producteur : Fingerprints & Fibers, Inc.
Adresse : 62, Chelsea Piers.

<u>Nous cherchons :</u>

Jolie jeune femme s'estimant capable d'incarner plausiblement une assistante du procureur. Elle aura entre vingt-cinq et trente-deux ans. Sexy sans vulgarité. Sûre de soi. Vacharde.

Race indifférente.

Amateurs et semi-professionnelles acceptées.

2

— Owen, s'il vous plaît, dit Rachel sur un ton suppliant. Il faut que j'aille à ce casting. Laissez-moi y aller et, en échange, je renonce à ma prime de fin d'année.

— Je ne donne pas de primes de fin d'année, répliqua sèchement Owen.

— C'est ce que vous dites toujours, répondit Rachel. Mais, chaque année, ça ne vous empêche pas de glisser à chacun de nous une petite enveloppe rouge avec un billet de cent dollars à l'intérieur. Au fait, nous manquons de Yirgacheffe éthiopien.

— J'en ai commandé, dit Owen machinalement.

Rachel suivit le propriétaire du *Rush Hour* jusqu'à son bureau.

— Je te rappelle que tu es de service. Et la file d'attente déborde sur le trottoir.

Rachel lui adressa un regard de chien battu.

— Si je pars maintenant, j'ai encore le temps d'y être.

Owen, qui était mauvaise tête mais pas mauvais diable, se laissa fléchir.

— C'est bon, vas-y, dit-il en soupirant. Il va falloir que je prenne l'habitude d'embaucher des minables sans aucune ambition. Tous ceux que j'ai en ce moment veulent devenir acteurs.

— Ce n'est pas tout à fait vrai, dit Rachel en ôtant son gilet rouge aux couleurs du *Rush Hour*. Angela veut être chanteuse, Sabrina et Julie veulent être danseuses et Louis écrit un scénario.

Elle partit en courant vers la porte et s'arrêta en route.

— Vous ne m'avez pas crue quand j'ai dit que j'étais prête à renoncer à ma prime de fin d'année, hein, monsieur Owen ? Parce que je suis fauchée et que je compte dessus.

Sans daigner la regarder, Owen lui fit signe de ficher le camp.

Rachel prit ça pour un consentement de plus, courut chercher ses sacs, un grand et un petit, son manteau et son bonnet, pointa et sortit en se faufilant entre les clients dont quelques-uns dormaient debout.

Une fois sur le trottoir, elle respira un bon coup et piqua un sprint… qui ne la mena pas bien loin car, au bout de quelques foulées, elle entra en collision avec un solide gaillard et se retrouva assise sur le trottoir.

— Rachel ?

Pendant l'espace d'une seconde, elle vit trente-six chandelles. Et puis, elle vit Chase McCloud, qui lui tendait une main gantée et secourable.

— Ça va ?

Elle hocha la tête, embarrassée, se sentant bête – et horrifiée de voir le contenu de son sac renversé sur le ciment. Tout New York allait savoir qu'elle était à découvert à la banque et qu'elle était en train de relire *Autant en emporte le vent* !

— Y a le feu au *Rush Hour* ou quoi ? demanda Chase en l'aidant à se relever.

Rachel ne répondit rien, muette de stupeur et d'émerveillement lorsque Chase se pencha pour ramasser ses affaires qui jonchaient le sol et que le vent menaçait d'emporter.

C'est ainsi qu'il vit le dernier numéro de *Coulisses Magazine,* ouvert aux pages des castings, l'un d'entre eux entouré au feutre rouge.

— Vous allez tenter votre chance, finalement, dit-il avec un grand sourire. Vous avez raison.

— Je sais, répondit fébrilement Rachel. Telle que vous me voyez, c'est là que je vais. Ça commence dans, voyons!... oh! là, là!... dans *vingt* minutes!

Chase se dépêcha de ramasser le reste de ses affaires.

— Dans ce cas-là, vous avez intérêt à vous manier. Je glisserai deux mots en votre faveur tout à l'heure.

Il lui rendit ses sacs.

— Bonne chance, dit-il.

— Merci, répondit Rachel d'une voix haletante.

Soudain, Chase poussa un sifflement strident et fit signe à un taxi. Il donna un billet au conducteur et lui dit:

— Conduisez cette demoiselle au 62, Chelsea Piers.

Lorsque Rachel fut bien installée, il donna une tape sur le toit et le taxi démarra.

Rachel se changea en route. Adieu le manteau bon marché, bonjour le blazer en poil de chameau qu'elle avait chipé à sa mère. Adieu le jean, bonjour le pantalon en flanelle sans pinces. Le pull à col roulé noir qu'elle portait au travail, par bonheur, elle pouvait le garder. Une fois le blazer boutonné, on ne voyait plus la tache de lait au milieu du ventre.

En respirant profondément, elle tritura la broche qui lui venait de sa grand-mère et qui était censée lui porter bonheur.

Aïe! Elle avait oublié les chaussures! Affolée, elle ouvrit son sac. *Ouf!* Elles étaient là, les boots en chevreau chocolat. Pendant une seconde, elle avait cru que c'était fini avant de commencer. Comment aurait-elle pu auditionner pour le rôle d'une juriste sexy et vacharde avec des vieilles baskets aux pieds ?

Le chauffeur la déposa devant le 62, Chelsea Piers.

Pour atteindre l'entrée du studio, elle lutta bravement contre le vent qui soufflait de l'Hudson. C'est la bataille suivante qui lui parut d'emblée ingagnable. Alignées dans le couloir, il y avait des dizaines de femmes comme elle – prêtes à tous les sacrifices pour un rôle dans une célèbre série télé.

Une grande blonde lui lança un regard qui voulait dire : « Qu'est-ce qu'elle fait là, celle-là ? »

En voyant la concurrence, Rachel se posa la même question. Dans le couloir, il y avait un nombre incalculable de filles plus jolies qu'elle, mieux habillées, avec des jambes plus longues, des seins plus gros, des jupes vraiment mini, des décolletés vertigineux.

Une fille émergea d'un bureau et passa parmi les candidates en donnant à chacune une page de script.

— Vous auditionnez pour le rôle d'Elise Mills, expliqua-t-elle d'une voix fluette bien assortie à son look de collégienne. Tenez-vous prêtes avec vos photos et votre curriculum vitæ. Nous vous appellerons dès que possible. Merci d'être venues.

Rachel poireauta deux heures avant que son tour n'arrive. Elle entra dans la pièce et se retrouva en face d'un jury composé d'un homme et de deux femmes, qui avaient l'air las et blasés.

— Je m'appelle Rachel Knight, dit-elle en ponctuant cette proclamation d'un rire nerveux. Voici ma photo et mon curriculum.

D'une main qui tremblait un peu, elle posa les documents sur la table devant ses juges et retourna se placer au milieu de la pièce.

L'une des femmes regarda son C.V. et fit le même genre de grimace que quelqu'un qui viendrait d'avaler une louche de moutarde forte.

— Jamais fait de télé ?

— Non, répondit Rachel sur un ton d'excuse. Enfin, presque…

— Qu'est-ce à dire ?

— J'ai eu des propositions pour des pubs, que j'ai refusées. Donc, je n'ai pas fait de télé mais j'aurais pu.

Son rire resta sans écho.

— Aujourd'hui, vous auditionnez pour le rôle d'Elise Mills, dit l'autre femme mécaniquement. Elle est assistante du procureur. Très sûre d'elle. Sexy. Impitoyable.

Rachel salua chaque attribut d'un hochement de tête. En même temps, elle se rendit compte qu'aucun d'entre eux ne s'appliquait à elle. Elle prit une profonde inspiration. Soit. C'est pour ça que ça s'appelle « jouer la comédie ».

L'homme parla pour la première fois.

— Par parenthèse, ça pourrait vous aider dans votre façon d'interpréter le personnage : Elise a une raison d'en vouloir à Dumphy. Ils ont passé une nuit ensemble et il ne l'a jamais rappelée. Et maintenant ils sont obligés de travailler ensemble. Elle l'aide à préparer son témoignage dans un procès intenté par un suspect contre le labo.

— Est-ce que ça veut dire que je vais faire un bout d'essai avec Chase McCloud ? demanda Rachel.

Et elle attendit la réponse, le cœur battant.

— Pas aujourd'hui, dit l'une des femmes. Mais, si vous êtes parmi les six finalistes, oui.

— Bon, dit l'autre femme d'un ton rêche. On y va ?

Rachel regarda la page de script qu'elle avait eu le temps de lire vingt fois, prit une profonde inspiration et se lança :

— Je ne suis pas ici pour t'enfoncer, Brett, dit-elle en s'adressant spécifiquement à l'homme. Je suis ici pour essayer de te sauver la mise. C'est ton équipe de bras cassés qui nous a mis dans la mouise. Je suis sûre que tu n'es pas le genre à suivre les conseils d'une femme. Mais, pour une fois, tu ferais bien. Parce qu'en face tu as Christopher Dockett, un des meilleurs pénalistes du pays. Un contre-interrogatoire par lui, c'est terrible. J'aimerais encore mieux me faire épiler les jambes au chalumeau décapeur. Et, pendant ce temps-là, Dumphy a l'air de s'en foutre comme de son premier zéro de conduite.

Elle s'approcha de la table et acheva d'une voix sifflante.

— Si tu perds, c'est au bas mot dix millions de dollars de dommages et intérêts que la ville va devoir payer. Et je ne pense pas que ce sera bon pour ta carrière.

Rachel se tut. Soudain, elle cessa d'être Elise Mills et se retrouva dans le monde réel. Elle regarda la page de script.

— Euh, vous voulez que je continue ?

Les membres du jury échangèrent des regards lourds de sens et puis se retournèrent vers elle.

— Je l'aime bien, dit l'une des femmes. Jusqu'ici, nous avons vu beaucoup de filles qui seraient idéales pour jouer des strip-teaseuses mais celle-ci, elle arrive à nous faire croire qu'elle a fait des études de droit.

— Elle sait qu'elle en a dans le chou, dit l'autre femme. Elle n'a pas besoin de mettre en avant ce qu'elle a dans le soutif.

— Ce qui est *en soi* la meilleure façon d'être sexy, dit l'homme. Elle est jolie *et* sympa. Ce n'est pas fréquent.

— Les femmes vont l'aimer, approuva l'une des femmes.

— Et les hommes aussi, dit l'homme. Ils fantasment sur les grandes blondes mais c'est des petites brunes qu'ils rêvent d'épouser.

— Beau boulot, ma petite Rachel, dit l'autre femme. Vous pouvez revenir demain pour une lecture avec M. McCloud ? Voici votre texte.

PREUVES MATÉRIELLES

Saison 3 : Épisode 57

« Du sang sur la croix »

EXEMPLAIRE DE TRAVAIL

INT. 7 – BAR SELECT – SOIR

Un bar chic. L'endroit est plein d'hommes et de femmes jeunes et élégants, genre cadres supérieurs ou professions libérales. Elise Mills est assise au bar. Elle tripote un verre de martini presque vide.

Entre Dumphy Grant, qui devient immédiatement le centre d'intérêt des femmes, fatiguées des messieurs brushing-costume-cravate qui ne savent que parler boutique.

Dumphy

(se hissant sur le tabouret vide à côté d'Elise)
C'est pas juste. Tu as pris de l'avance sur moi.
(faisant signe au serveur)
Une bière brune, s'il vous plaît !

Elise

(sans le regarder)

Ça fait vingt minutes que je t'attends. Il fallait bien que je fasse quelque chose.

Dumphy

(sarcastique)

Désolé. Je ne savais pas quoi mettre. Je me suis changé au moins dix fois, si c'est pas vingt.

(regardant les clients autour de lui)

Tu sais, j'ai presque envie de déclencher une bagarre. Il y a des types ici qui méritent un œil au beurre noir et quelques dents cassées, rien que pour le principe.

Elise

(les yeux au ciel)

Oh, un flic qui ne cache pas son mépris pour les juges, comme c'est original !

(Elle fit signe au barman de lui servir un autre verre)

Dumphy

Ça m'étonne que tu m'aies donné rendez-vous ici.

Elise

Ici ? Tu veux dire : sur les lieux du crime ?

Dumphy

Quel crime ? On n'a rien fait de pire que de copuler comme des bêtes.

Elise

Écoute ce qui se dit en ville. Faire l'amour avec toi, ça passe pour un crime.

Dumphy

Hé ! C'est pas ma faute si je suis tellement bon qu'ils m'ont rangé parmi les drogues dures !

(Elise, vaincue, sourit)

**INT. 8 – CHEZ DUMPHY –
UN PEU PLUS TARD**

Glissant sur un rayon de lune, la caméra survole la moquette du salon, jonchée de vêtements – ceux d'un homme et ceux d'une femme –, pénètre dans la chambre, se tourne vers le lit, où deux amants sont enlacés.

Elise

(d'une voix entrecoupée)

Crapule. C'est pas pour ça que je suis venue. J'étais censée t'aider à préparer ton témoignage.

Dumphy

Ne t'en fais pas. Tu ne partiras pas d'ici avant de m'avoir poussé dans mes derniers retranchements.

(Elle veut protester mais il la fait taire d'un baiser)

— C'est *formidable* ! s'exclama Tina à l'autre bout du fil. Tu vas avoir le rôle. Je le sens.

De son côté, Rachel essayait de garder la tête froide.

— Pour l'instant, ils m'ont juste dit de revenir.

— Mais tu as l'appui de Chase McCloud, dit Tina d'une voix qui monta d'un seul coup de plusieurs octaves. Il a dit qu'il parlerait en ta faveur, non ?

— Oui, concéda Rachel.

Tina poussa soudain un soupir agacé.

— Attends une seconde, Rachel.

Changeant brusquement de ton, elle cria :

— Non, cette fille-là, tu ne lui achètes rien. Ses fringues puent la cigarette. Mets-la dehors avant qu'elle ait empuanti tout mon stock.

Rachel sourit. Tina Rich tenait *La Fouinerie,* une boutique de vêtements d'occasion dont le slogan était : « Rien que du beau ! » Rachel, perpétuellement désargentée, allait y *fouiner* de temps à autre.

— C'est incroyable, reprit Tina. Tu vas être dans *Preuves matérielles* ! Tu me préviendras, je l'enregistrerai.

— Tina, ne t'emballe pas, protesta Rachel. Je te l'ai dit : ce n'est encore qu'une deuxième audition. Il y aura cinq autres filles. Et je n'ai pas la moindre expérience. Ce n'est pas du tout cuit.

— Bien sûr que si ! dit Tina sur un ton sans contredit. Ils le savent déjà que tu n'as pas d'expérience. Crois-moi, ces gens-là sont des pros. Ils ne t'ont pas demandé de revenir demain juste pour te faire plaisir. Tu as une jolie frimousse et c'est ça qui leur a plu. Des inconnus qui deviennent des stars en moins de deux, on voit ça tous les jours. Regarde la nana dans *Lost.* Elle était en compétition avec plein de grosses vedettes et c'est quand même elle qui a eu le rôle.

— Oui, mais, je…

Bip !

Rachel regarda le cadran de son téléphone pour voir qui l'appelait. C'était un numéro qu'elle ne connaissait pas.

— Tina, excuse-moi mais j'ai un autre appel. C'est peut-être la production. Il faut que je le prenne. Je te rappelle.

Elle raccrocha avec Tina et répondit au mystérieux correspondant.

— Allô ?

— Toutes mes félicitations, Rachel.

C'était Chase McCloud.

Rachel se mit à sauter de joie. Chase McCloud en personne l'appelait sur son portable !

— C'est Chase, dit-il inutilement. Je me suis procuré votre numéro de téléphone au secrétariat de la production. J'espère que ça ne vous dérange pas.

— Non ! Bien sûr que non ! Au contraire ! Ça me donne une chance de vous remercier pour le taxi. C'était vraiment gentil de votre part.

— Je suis content pour vous. Il paraît que vous les avez bluffés.

Rachel fit la modeste.

— Ça, je ne sais pas. Tout ce que je vois, c'est qu'ils m'ont dit de revenir et que c'est déjà beaucoup.

— Voulez-vous dîner avec moi, ce soir ? proposa Chase. Ensuite, nous pourrions répéter votre texte. Pour mettre tous les atouts de votre côté. Comme ça, demain, vous serez en mesure de survoler l'épreuve, encore une fois. Qu'en dites-vous ?

— L'idée me plaît bien.

— Mon resto préféré, c'est *Le Mas*, dans West Village. On se retrouve là-bas à 10 heures ?

— D'accord, dit-elle.

Mais, après avoir raccroché, Rachel ne put s'empêcher de s'interroger sur le sens de cette invitation. Était-ce un acteur à succès qui tendait la main à une actrice débutante ? Ou autre chose de moins innocent ?

3

Entre le vin et le charme de Chase, Rachel se retrouva tout étourdie dès les hors-d'œuvre.

Le Mas était un restaurant très chic avec un personnel attentif, une carte excellente et une ambiance française.

Après avoir accepté l'invitation de Chase, Rachel avait couru à la *Fouinerie* pour y emprunter une jolie petite robe noire. Avec ses boucles d'oreilles et son collier en pâte de verre, sa coiffure « saut du lit », son maquillage des grands soirs, elle s'estimait jolie.

Ce qui valait mieux car en face d'elle il y avait Chase McCloud. Il y a des hommes qui sont beaux, d'autres qui sont très beaux, d'autres encore qui sont tellement beaux que ce n'est pas humain. Chase appartenait indéniablement à la troisième catégorie.

— C'est un rôle en or, celui d'Elise, dit-il entre deux mets. Avec beaucoup de texte. C'est l'affaire de cinq mille dollars par épisode, au moins.

Pour Rachel, c'était une somme astronomique.

— Je n'arrive pas à croire que je suis encore sur les rangs.

— Vous n'êtes pas seulement sur les rangs, répondit Chase en levant son verre. Vous êtes la favorite.

Rachel se refusa à le croire: c'était de la flatterie, rien de plus.

— Je parle sérieusement, ajouta-t-il en la voyant faire une moue de scepticisme. Mais vous ne m'avez pas encore dit ce que vous pensez de la scène de demain.

— Elle est un peu épicée à mon goût.

Chase sourit.

— Vous êtes toujours d'accord pour que nous allions répéter chez moi après le dîner ?

Rachel, en rougissant, montra la liasse de feuillets sur la chaise voisine.

— Cette scène-ci ?

— Oui, cette *scène-là,* confirma Chase. Qu'est-ce qui vous trouble ?

— Non, rien, c'est juste que…

Elle laissa sa phrase en suspens.

— J'ai rapporté chez moi des éléments de costume, dit Chase. J'aurai la tenue de Dumphy Grant. Comme ça, vous pourrez vous mettre dans le bain plus facilement.

Rachel poussa un soupir. Déception ou soulagement ?

— Pendant une seconde, j'ai cru que vous parliez de l'autre scène.

— La scène d'amour ? demanda Chase.

Rachel acquiesça.

— Cela vous met mal à l'aise ?

Le serveur arriva à point nommé pour que Rachel soit dispensée de répondre. Ensuite, elle l'interrogea sur sa vie, alors qu'elle n'avait pas grand-chose à apprendre, ayant tout lu de ce qui s'était publié sur lui dans les journaux et sur Internet.

Il avait grandi à Dallas, était allé à l'université du Texas, avait joué au rugby, était diplômé en économie, s'était pris de passion pour le théâtre, avait tout plaqué pour tenter sa chance à New York et avait trouvé des rôles aussitôt. C'était l'homme à qui tout réussissait : le travail, les amis, le sport… les femmes.

Rachel avait également vu les photos des paparazzi. Chase avec une blonde. Chase avec une starlette brune. Chase avec une top model brésilienne. Chase avec une star oscarisée. Chase avec une sublime actrice française, allemande, chinoise. Son catalogue était aussi fourni que celui de Don Juan et aussi varié que l'assemblée générale des Nations unies.

Et maintenant, il était assis en face d'elle, intermittente du spectacle et barmaid à mi-temps. Rachel n'avait rien d'une pin-up et elle le savait. Une question se posait : Que faisait-il avec elle ?

Combien de dîners comme celui-ci avait-il organisés ?

La débutante. Le grand acteur. La répétition chez lui. *Pour mettre tous les atouts de votre côté.* C'était soit un rêve soit une sinistre farce.

Rachel s'assombrit. Chase s'en rendit compte.

— Qu'est-ce qui ne va pas ?

— Rien.

Il sourit.

— Vous mentez mal, dit-il. C'est un comble pour une actrice.

Elle lui rendit son sourire.

— Je ne peux pas m'empêcher de me demander si vous faites ça souvent ?

— Quoi ? Demander le numéro d'une actrice au bureau de la production ? Jamais. Je vous en donne ma parole. C'est la première fois.

Rachel le crut. Donc, elle n'était pas le petit caprice de la semaine. C'était bon signe.

— Vous savez, reprit-il, en général, les femmes me donnent leur numéro de téléphone sans que j'aie besoin de le demander. Mais, hélas ! *pas vous,* ajouta-t-il en pointant vers elle un index accusateur. Pardonnez-moi si je suis maladroit mais il y a longtemps que je n'ai pas eu à pratiquer le noble art de la séduction. Je suis rouillé.

Rachel aimait décidément beaucoup cette façon qu'il avait de se moquer de lui-même.

— Rassurez-vous, dit-elle, c'est comme le vélo, ça ne s'oublie pas.

— Vous savez, je ne suis pas un dragueur, annonça-t-il soudain. Depuis que je suis connu, les filles me courent après. Pendant la première saison de *Preuves matérielles,* j'en ai beaucoup profité. Et puis, je me suis lassé des succès faciles et, pendant la deuxième saison, j'ai essayé d'avoir une liaison sérieuse mais ça n'a pas duré plus de trois mois et encore, il a fallu que je fasse des concessions pour tenir aussi longtemps.

— Maintenant, c'est la troisième saison, dit Rachel. Il y a quoi à votre programme : mariage ou chasteté ?

Chase haussa les sourcils.

— Il y a des gens qui disent que c'est la même chose. Je n'ai jamais eu envie de me marier, vous savez ? La plupart du temps, les gens ne se marient pas avec quelqu'un qui leur plaît mais avec quelqu'un qui ne leur déplaît pas. Ça leur suffit. Mais, pour moi, ça n'est pas le bonheur, ça !

— Je suis tout à fait d'accord avec vous. Trinquons ! dit Rachel en prenant son verre.

Chase leva le sien et ils choquèrent.

— Ça vous est arrivé ? demanda-t-il.

— Ça a failli m'arriver ! Le mariage a été annulé au dernier moment.

— Il y a longtemps ?

— Quelques jours.

— Rude épreuve, hein ?

— Non, au contraire. C'est une excellente nouvelle. Ma mère est déçue, pas moi. Elle me voyait bien en épouse de banquier richissime, avec une garde-robe d'enfer et des gosses qui fréquentent les meilleures écoles. Au fond, j'avais toujours su que ce n'était pas un homme pour moi. Je ne l'aimais pas. Je n'éprouvais aucune émotion dans ses bras mais j'essayais de me persuader que j'étais heureuse. Je suis contente que ce soit fini. Je vais passer un joyeux Noël, croyez-moi.

— Vraiment ?

— Oui. Même si je n'ai pas le rôle, je…

— Je vous interdis de dire ça. Le rôle d'Elise est pour vous. Ils sont obligés de vous le donner.

Ils échangèrent un sourire, après quoi Chase ajouta :

— On y va ?

Chase ouvrit la porte blindée de son appartement de Mercer Street, dans SoHo, et Rachel posa le pied dans le pays des merveilles. Deux cents mètres carrés, avec une magnifique hauteur de plafond et un décor ultramoderne.

Un magnifique chat persan sortit de la chambre, les gratifia d'un regard vaguement dédaigneux et s'en retourna.

— Je vous présente Dumphy II, dit Chase. Il a la bonté de m'héberger.

— C'est gentil chez vous, dit Rachel avec une pointe d'ironie.

— Quand j'ai acheté ça, c'était à l'abandon. Mais ma sœur est décoratrice d'intérieur à Dallas. Elle s'est fait une joie de secourir son petit frère.

Le silence se fit. Rachel avait de la peine à dissimuler son embarras.

— Asseyez-vous donc, dit Chase en lui désignant un fauteuil. Je vais m'habiller en Dumphy et je reviens.

Il disparut dans la chambre. Rachel prit dans son sac le script et le relut en essayant de se mettre dans l'ambiance. Lorsque Chase revint, il portait le blouson avec le logo de la police scientifique, le badge, la plaque, le flingue, tout.

— C'est pas juste, dit-il d'une voix forte. Tu as pris de l'avance sur moi.

— Ça fait vingt minutes que je t'attends, répondit-elle du tac au tac. Il fallait bien que je fasse quelque chose.

Et puis, elle se retourna.

Ce fut comme une apparition.

Pendant une seconde, le temps s'arrêta. Rachel avait toujours été fan de *Preuves matérielles*. Depuis le début, elle n'avait jamais manqué un seul épisode. Et maintenant, il était là, devant elle : Dumphy Grant ! L'irrésistible Dumphy Grant.

— Tu n'es pas censée me regarder comme ça, dit-il mi-figue mi-raisin. À ce stade de l'intrigue, ton personnage me déteste.

Et il sourit comme un homme qui sait qu'il ne dormira pas seul cette nuit.

— Est-ce qu'il fait assez chaud pour vous ? demanda-t-il, sautant du coq à l'âne. Je ne voudrais pas que vous preniez froid tout à l'heure, quand je vous déshabillerai.

Rachel fut d'abord prise au dépourvu par cette exquise… *muflerie.* Mais elle se ressaisit vite.

— Crapule ! s'exclama-t-elle alors avec un bel esprit d'à-propos. Ce n'est pas pour ça que je suis venue. Je suis censée t'aider à préparer ton témoignage.

— Ne t'en fais pas, répondit Chase. Tu ne partiras pas d'ici avant de m'avoir poussé dans mes derniers retranchements.

Lorsqu'elle voulut protester, il l'embrassa pour la faire taire.

La vie, parfois, imite l'art.

De : mmason@manhattannational.com
à : rachel@earthlink.net
Objet : Il faut qu'on parle

Rachel chérie,

J'ai essayé de t'appeler au téléphone et de venir te voir mais tu ne décroches pas et apparemment tu n'es jamais chez toi. Un jour ou l'autre, il faudra qu'on parle. Tu as le droit d'être en colère, mais je ne peux pas croire que tu vas rompre pour un truc comme ça. J'ai eu tort, je te l'accorde. Mais j'étais saoul et ça n'a eu aucune espèce d'importance pour moi. J'étais même tellement saoul que, sans cette saleté de cassette, je ne me serais souvenu de rien. Je crois que tu ne comprends pas bien en quoi consiste mon travail ici, à la banque. C'est beaucoup de stress. Pour les hommes comme moi, aller dans des boîtes de strip-tease, c'est comme la soupape de la cocotte-minute, un moyen d'évacuer la pression. La plupart des femmes comprennent. Elles préfèrent que leur mari s'envoie en l'air avec une pute qu'il ne reconnaîtrait même pas le lendemain plutôt que se taper une secrétaire ou une jolie consœur à gros seins. Peut-être que tu ferais mieux de fréquenter les gens de mon milieu plutôt que de traîner avec des artistes à la manque. Ce serait salutaire pour notre relation. Penses-y.

Je t'embrasse affectueusement,

Mike

De : rachel@earthlink.net
à : mmason@manhattannational.com
Objet : Re : Il faut qu'on parle

Mike,

Il n'y a rien à sauver entre nous. Pour ce qui me concerne, tu peux faire tout ce que tu veux avec les péripatéticiennes anonymes et interchangeables aussi bien qu'avec les secrétaires entreprenantes et les jolies consœurs mamelues.

Rachel

Épilogue

— Ça m'étonne que tu m'aies donné rendez-vous ici ? dit Dumphy.

— Ici ? Tu veux dire : sur les lieux du crime ? rétorqua Elise.

— Quel crime ? On n'a rien fait de pire que de copuler comme des bêtes, dit-il moqueusement.

Elise le regarda comme une fille à la diète regarde un gâteau à la crème : avec hostilité – sauf qu'on a l'impression qu'elle pourrait bien se laisser tenter.

— Écoute ce qui se dit en ville, lança-t-elle d'un ton cassant. Faire l'amour avec toi, ça passe pour un crime.

Dumphy sourit d'un air satisfait.

— Hé ! C'est pas ma faute si je suis tellement bon qu'ils m'ont rangé parmi les drogues dures !

Elise, vaincue, esquissa un sourire.

Chase lui adressa un petit signe d'approbation lorsqu'elle se retourna vers le jury. C'est le moment où l'on craint d'entendre quelqu'un prononcer le fatidique : « On vous écrira. »

L'homme dit :

— Il me faut une cigarette. Une chose est sûre : le courant passe entre vous.

— Pas la peine d'auditionner les autres, dit l'une des femmes. On ne trouvera pas mieux.

— Joyeux Noël, Rachel, dit l'autre femme d'une voix chantante. Pour commencer, allez voir la costumière.

Quelques jours plus tard, en page 6 du *New York Post,* on pouvait lire l'article suivant, intitulé LE PÈRE NOËL AUSSI AIME LES ACTRICES :

La jeune actrice Rachel Knight passe à coup sûr un joyeux Noël. La semaine dernière encore, l'apprentie tragédienne servait des cafés au *Rush Hour,* dans Thompson Street. Maintenant, elle vient de décrocher un rôle dans *Preuves matérielles,* la série que tout le monde connaît et que tout le monde aime. Et elle n'a pas séduit que les responsables du casting. Son partenaire, le splendide Chase McCloud, est sous le charme, lui aussi. On les a vus se promener en ville bras dessus bras dessous et on les a même surpris en train de s'embrasser tendrement... sur un banc public, comme vous et moi. La jolie brune s'est vite consolée de sa rupture avec Mike Mason, l'héritier de la banque d'affaires Manhattan National. Le jeune loup de la finance a récemment provoqué un scandale au *Mimi's,* l'un des hauts lieux du strip-tease new-yorkais. Il semble que les videurs aient été contraints de le jeter dehors alors qu'à moitié ivre il cherchait à se faufiler dans le vestiaire des danseuses. À en croire ses amis, Rachel parle de Mason comme son pire cauchemar. Pas étonnant. Cette année, la nouvelle star montante de la télé a trouvé quelque chose de mieux au pied du sapin.

Table

Découvrez les prochaines nouveautés de nos différentes collections J'ai lu pour elle

AVENTURES & PASSIONS

Le 6 janvier 2010 :
Désir rebelle **Julie Garwood (n°3286)**

Caroline Richmond a grandi en Amérique. De retour en Angleterre, elle sauve un jeune homme d'une attaque en tirant sur ses deux agresseurs. Elle se persuade alors qu'à l'image de ce dandy, les gentlemen anglais manquent de courage. Jusqu'à ce que le duc de Bradford fasse son apparition... Impressionné par le fort tempérament et la beauté de Caroline, celui-ci est dès lors déterminé à faire de la jeune femme sa maîtresse. Caroline, quant à elle, tombe sous le charme du duc, mais loin de se contenter d'une aventure, elle souhaite conquérir son cœur...

Les Carsington —4. Apprends-moi à aimer **Loretta Chase (n°9123)**

Darius Carsington, cinquième fils du comte de Hargate, ressemble plus à une force de la nature qu'à l'érudit qu'il est. Mais, aux yeux de son père, la philosophie et la biologie sont une perte de temps. Il lui confie donc une tache d'importance afin qu'il lui prouve sa valeur : remettre sur pied un domaine laissé à l'abandon depuis des années. Darius relève le défi avec enthousiasme et, à Beechwood, il fait la connaissance de lady Charlotte Hayward. Tout de suite, le séducteur impénitent tombe sous le charme. Hélas, aucune aventure n'est possible : à vingt-sept ans, la jeune femme, bien que riche et belle à ravir, n'est toujours pas mariée. Pourquoi ? Cette énigme obsède Darius, et Charlotte semble décidée à défendre son secret...

Secrets dévoilés —3. Jeux de l'amour, jeux du destin **Liz Carlyle (n°9124)**

Au cours d'une partie de cartes enfiévrée, le comte de Valigny n'a pas hésité à miser la main de sa fille illégitime, Camille. Étrangement, cette exquise jeune femme a ému le cynique Kieran Rothewell. Et cette beauté lui appartient désormais puisqu'il a gagné. Mais qu'en fera-t-il, lui le loup solitaire blasé par une vie d'excès ? D'emblée, Camille lui propose un marché : il l'épouse et lui fait un enfant. Ensuite, elle le dédommagera grâce à sa dot et il pourra mener la vie qu'il désire, loin d'elle. Pour sceller ce pacte, elle est prête à se donner à lui dès le premier soir. Kieran est séduit. L'audace de la demoiselle n'est pas pour lui déplaire. Et il n'est pas question de sentiments dans cet arrangement pragmatique. À moins que...

Nouveau ! 2 rendez-vous mensuels aux alentours du 1er et du 15 de chaque mois.

Le 20 janvier 2010 :
Frissons interdits ☙ **Lisa Kleypas (n°6085)**

Holly n'en peut plus : le bourdonnement des conversations oiseuses, l'éclat aveuglant des lustres, l'odeur entêtante des somptueux bouquets de fleurs, tout cela lui est insupportable. Accepter cette invitation était une erreur...
Depuis la mort de son mari, lady Taylor a vécu en recluse. Ce bal chez les Bellemont – sa première sortie depuis trois ans – met cruellement en évidence sa solitude.
De la pénombre du petit salon où elle s'est réfugiée émerge tout à coup une haute silhouette masculine. « Vous avez mis bien du temps pour venir, milady », chuchote une voix profonde et ensorcelante…

L'étrange docteur Cole ☙ **Eve Silver (n°9137)**

Darcie Finch a tout juste vingt ans quand elle pousse la porte d'un bordel dont la tenancière n'est autre que sa sœur Abigail. Ce n'est pas son talent de dessinatrice qui la fera vivre : elle est prête à se prostituer elle aussi, pour avoir de quoi manger. Mais sa sœur la renvoie aussi sec : « Va voir le Dr Cole de ma part, seulement méfie-toi de lui ! » Il est en effet inquiétant, ce médecin aux yeux gris qui accepte d'engager Darcie comme bonne à tout faire. Quelles sont ces recherches qu'il mène, dans le secret de son laboratoire ? Et quel rapport avec les meurtres commis dans les bas-fonds de Londres ? Malgré sa peur, Darcie se sent de plus en plus fascinée par cet homme qui est peut-être un fou... peut-être un génie... ou peut-être un assassin.

Si vous aimez Aventures & Passions,
laissez-vous tenter par :

Passion intense

Quand l'amour vous plonge dans un monde de sensualité

Le 17 février 2010 :

Les SBC fighters 2. Corps à corps **Lori Foster (n° 9138)**

Simon Evans est revenu à Harmony, charmante petite ville, pour s'entrainer à la lutte. Un jour, débarque dans sa salle de gym la délicieuse Dakota Dream. Elle lui apporte des nouvelles du père qu'il n'a jamais connu et qui désormais le réclame. Simon refuse obstinément mais reste intrigué par la jeune femme. Celle-ci est en fait secrètement victime d'un chantage exercé par le père de Simon. Une passion naît entre eux, mais Dakota ne livre pas son secret. Quand Simon découvrira la vraie nature de la relation qui unit son père à Dakota, comment réagira-t-il ?

Recherche un homme, un vrai **Collectif (n° 9163)**

Recueil de nouvelles par des écrivains-phares de la fiction érotique.
Carrie Alexander : une jeune femme sexy et impudente, au volant d'une décapotable, croise le regard d'un ouvrier du bâtiment ; ils se livrent à un délicieux après-midi de plaisirs...
Pamela Britton : un séduisant pompier avive plus de flammes qu'il n'éteint de feux...
Susan Donovan : une chaude rencontre avec un irrésistible docteur...

Nouveau ! 2 livres tous les 2 mois
aux alentours du 15 de chaque mois.

Et toujours la reine du roman sentimental :

Barbara Cartland

Le 6 janvier 2010 :

Passions victorieuses (n° 2757)
Rendez-vous à Calcutta (n° 4603)

Nouveau ! 2 rendez-vous mensuels
aux alentours du 1er et du 15 de chaque mois.

9112

Composition
CHESTEROC LTD

Achevé d'imprimer en Italie
par GRAFICA VENETA
le 2 novembre 2009.

Dépôt légal novembre 2009.
EAN 9782290019153

ÉDITIONS J'AI LU
87, quai Panhard-et-Levassor, 75013 Paris

Diffusion France et étranger : Flammarion